A vida mais invisível de Maria das Dores

Armando Milioni

1ª reimpressão

A meus netos

"Quando se aproximam de mim, só
enxergam o que me circunda,
a si próprios ou o que imaginam ver —
na verdade, tudo, menos eu."

Ralph Ellison, no livro
O homem invisível

"Quando dou comida aos pobres,
chamam-me de santo. Quando
pergunto por que eles são pobres,
chamam-me de comunista."

Dom Helder Câmara

"O racismo no Brasil se caracteriza pela
covardia. Ele não se assume e, por isso,
não tem culpa nem autocrítica."

Abdias Nascimento

Prólogo / O escritor e sua filha

Pai e filha caminhavam lado a lado pelas ruas arborizadas de uma Campos do Jordão completamente esvaziada de turistas, afastados pela pandemia do coronavírus. O fim da tarde nublada de sábado, ameaçando chuva, tampouco estimulara a saída dos moradores da cidade. O centrinho turístico de Capivari, que eles só conheciam lotado de gente, parecia uma cidade abandonada. Daria até um pouco de medo, não fosse alguns seguranças que se protegiam do frio e que acenavam para eles.

A filha se preocupava com o pai, o velho professor universitário aposentado que se refugiara em um apartamento na cidade onde vivia em completa solidão. Ela era a sua filha única e tardia, nasceu quando ele tinha mais de 40 anos, de um segundo casamento dele que, como o primeiro, fora breve e tinha sido desfeito havia muitos anos. Ela conhecia os motivos que levaram o pai a se mudar para Campos de Jordão; muito antes da pandemia, o país já enveredara por um cenário apavorante que estimulava o desejo de isolamento.

Quando o pai lhe contou seus planos de usar o tempo disponível em sua reclusão voluntária para ver "se conseguia escrever alguma coisa", achou que seria bom para ele. Imaginou que o pai produziria alguma coisa relacionada aos temas "singularidade" e "transumanismo", duas palavras pouco usuais, com as quais ela havia se habituado desde que se tornaram objetos de estudo do pai. Talvez por isso, estranhava o assunto que ele trazia agora, enquanto caminhavam.

"Você leu o livro e viu o filme?"

Ela tinha lido e tinha visto.

"E o que você achou dos dois?"

Ela havia gostado de ambos, mas as diferenças muito grandes de narrativas tinham chamado a sua atenção. Era curioso como o filme começava igual ao livro para, a partir de um determinado ponto, divergir completamente numa questão nevrálgica que conduzia a finais – e, portanto, a reflexões e conclusões – totalmente diferentes.

Os personagens principais eram os mesmos, com os mesmos nomes, assim como os fundamentos da história: a família simples, de descendentes de portugueses, vivia no Rio de Janeiro em meados do século XX e era composta pelo casal, Manuel e Ana, e duas filhas muito unidas, Guida, a mais velha, e Eurídice. Guida foge para casar-se com alguém que, ela supunha, seria desaprovado pelos pais, e as vidas das duas se separam. O livro acompanha a vida de Eurídice e, em dado momento, Guida reaparece. A partir de então, o livro é sobre o reencontro das duas irmãs que haviam se separado na adolescência, se reencontram na maturidade e envelhecem juntas. Já no filme, depois da fuga de Guida, Eurídice jamais volta a encontrar a irmã.

"Eu estranhei a mesma coisa", disse o pai. "Achei diferente demais para uma adaptação. Não entendi."

Conversavam sobre o livro *A vida invisível de Eurídice Gusmão*, de Martha Batalha, publicado em 2016, e o filme *A vida invisível*, dirigido por Karim Aïnouz, lançado ao final de 2019 como uma adaptação do livro.

"Também estranhei essas diferenças, mas outra coisa me incomodou, só que eu não sabia exatamente o quê. Então, reli o livro, mas não precisei terminar para entender."

O pai fez uma breve pausa.

"Eu senti falta de Maria das Dores. Você se lembra dela?"

A filha se lembrava.

"A empregada?"

Estavam chegando ao apartamento, e isso era ótimo, pois poderia consultar suas anotações.

"Em tempos de e-book, é fácil ver o número de citações de cada personagem. Essa métrica dá uma ideia da importância de cada um na trama."

Ele fizera esse exercício e tinha anotado os números. A mais citada no livro era a própria Eurídice, 249 vezes. Nenhuma surpresa nisso, é claro. Depois, vinha Guida, 234. Seguiam-se sete outros personagens e, só então, com 39 citações, aparecia Maria das Dores. Em princípio, uma personagem bastante secundária, portanto. Mas o pai achava que havia uma peculiaridade.

"O problema é que as citações a Maria das Dores vêm quase sempre com algum tipo de provocação."

Exemplificou.

"Veja esse parágrafo em que Maria das Dores é citada pela primeira vez. É a entrada dela na história, ainda no começo do livro."

E leu para a filha em voz alta.

A vida inclusive ficou ainda mais tranquila depois que os Gusmão Campelo adquiriram uma das maravilhas daquela e de tantas outras épocas: uma empregada doméstica. Maria das Dores chegava a tempo de servir o café dos patrões...

Interrompeu a leitura do parágrafo, pois já tinha o que precisava.

"Veja o verbo que ela empregou: 'adquirir'. Adquirir um ser humano. É uma provocação."

A filha ouvia calada, ainda não sabia aonde o pai queria chegar.

"Agora, escute as últimas linhas desse mesmo capítulo."

Voltou a ler em voz alta.

Maria das Dores era mãe de três filhos que se criavam sozinhos, que se alimentavam dos pratos que ela guardava no forno e se vestiam das roupas que ela deixava na cômoda, e que agora já tinham idade para andar soltos na casa, não sendo mais necessário acorrentá-los no quarto para se manterem longe das facas e fogos da cozinha. Mas esta não é a história de Maria das Dores. Maria das Dores inclusive só aparece por aqui de vez em quando, na hora de lavar uma louça ou fazer uma cama. Esta é a história de Eurídice Gusmão, a mulher que poderia ter sido.

"Veja a frase, lá no meio. 'Mas esta não é a história de Maria das Dores'. Outra provocação."

Calou-se. A filha demorou para perceber que era a sua vez de falar e só ocorreu-lhe perguntar,

"E...?"

O pai respondeu:

"Bom, acho que mordi a isca, aceitei a provocação."

E concluiu.

"Quero contar essa história. Se uma mulher de classe média em meados do século XX, no Brasil, vivia uma vida que merecia ser chamada de invisível, imagine a empregada dessa mulher. Quero contar a história da vida mais invisível de Maria das Dores e de seus três filhos."

1.

De Belo Horizonte ao Rio de Janeiro

Capítulo 1

Filomena, Rio de Janeiro, 1947

Dizer que acordava talvez fosse apenas força de expressão, porque isso supunha admitir que houvesse dormido. Não era o caso. No máximo, cochilara num momento ou outro. Sempre que isso acontecia, contudo, um movimento involuntário qualquer, mesmo que nada brusco, provocava uma dor aguda, uma pontada em alguma parte do corpo, e pronto, lá estava Filomena desperta de novo. Portanto, não acordava exatamente, apenas abria os olhos, ou melhor, tentava abri-los. Estavam inchados, como na noite anterior. Se os abria, ou tentava fazê-lo, era apenas por reação instintiva aos estímulos, a luz do sol perfurando as frestas da janela fechada, os ruídos da rua e as vozes na calçada do movimentado bairro do Estácio, onde ficava o prostíbulo da Dona Chiquinha. Era ali que morava e trabalhava havia mais de vinte anos.

Filomena achava que não tinha motivos para se queixar da vida. Começara a se prostituir uma semana depois de completar 16 anos. Dona Chiquinha a preparara com cuidado para a profissão. Desde então, pensava, tudo correra relativamente bem. Não engravidara, nunca precisara passar pelas mãos de uma daquelas carniceiras que faziam partos e praticavam abortos que às vezes geravam hemorragias terríveis, havia as que não resistiam. Tivera sua dose de doenças venéreas, de todo inevitáveis, mas até nisso dera sorte. Suas doenças eram raras e pouco graves. Os tratamentos ministrados pelo médico a quem Dona Chiquinha a levava surtiam efeito e ela se recuperava rápido e bem.

Entretanto, sabia que havia uma razão para que as coisas tivessem corrido bem: ela era bonita. Muito bonita. Mais que bonita. Era atraente, gostosa, um tipão de mulher, como diziam os clientes. Negra alta e vistosa, bem fornida nas partes certas, era o tipo de mulher que enfeitiçava os homens. Por isso, cobrava caro, o topo da tabela, e podia escolher os clientes, que formavam filas; alguns até se apaixonavam. Estes eram o pior tipo. Faziam escândalo, causavam-lhe dificuldades, pelo menos dois se separaram das esposas.

Mas a surra da véspera, da qual agora padecia, plantara nela uma semente, era hora de reconhecer que vinha abusando da sorte. Já estava perto de completar 37 anos, achava-se quase uma anciã, no meio de todas aquelas meninas. A natureza continuava a lhe ser generosa, seus dotes eram tantos que, mesmo àquela idade, mantinha o porte. Isso garantia a sua cotação, mas não precisava pensar muito para entender que não ia durar, não podia durar. Prostitutas além dos 30 eram poucas, além dos 35, quase nenhuma, além dos 35 e ainda por cima muito bem cotadas, que ela soubesse, era só ela. Sabia ser uma raridade no mercado.

E nos últimos anos seu faturamento ainda aumentara muito. Via-se mais gente nas ruas, as pessoas pareciam ter mais dinheiro que antes e estavam mais dispostas a gastá-lo. Havia um clima de otimismo festivo no ar. Ouviu de um cliente que era "porque o Brasil tinha ganhado a guerra, ela não sabia?".

Não, não sabia. E nem queria saber. Queria apenas aproveitar a maré favorável para os negócios, que aumentava seu faturamento. Aliás, ele aumentara ainda mais quando Filomena descobriu uma alternativa inesperada, nunca antes cogitada.

Parecera promissora de início, mas, agora, explicitava seus riscos.

Ela demorou a perceber, mas finalmente encontrara nos olhares que trocava com algumas mulheres – não qualquer tipo de mulher, só as grã-finas – o mesmo desejo que aprendera a reconhecer quase instantaneamente nos homens que a cobiçavam. Quando entendeu isso, não hesitou e passou a usufruir com gosto da nova possibilidade.

Para as mulheres, o pecado era maior e, assim, custava mais caro. Além disso, elas eram mais limpas, mais doces e menos brutas do que os homens. Filomena descobriu que gostava delas.

O problema, de novo, era o amor, a paixão. Ah, como seria mais simples se tudo pudesse ficar só no sexo feito com prazer e sem pressa. Mas, assim como os homens, havia as mulheres que confundiam as coisas e se apaixonavam. E, bem, isso ela sempre soubera, a paixão feminina é uma força superior da natureza. Seus desdobramentos têm potencial muitas vezes maior que os dos homens. Inclusive nos escândalos.

Foi o que aconteceu com aquela grã-fina com quem vinha se encontrando havia algumas semanas. A mulher flagrara o marido na companhia de Filomena, mas, para surpresa dele, a repulsa da grã-fina ao gesto do marido fora infinitamente menor do que a atração imediata que sentira por Filomena. Sabendo que o marido dependia do dinheiro do sogro, a grã-fina escandalizou-o impondo como condição para o seu perdão a realização de um *ménage à trois*. O marido relutou, mas providenciou o encontro a três e dele participou com visível constrangimento, diante da volúpia e da entrega que nunca vira na esposa.

Depois desse primeiro encontro, enfeitiçada, a grã-fina passou a procurar obsessivamente por Filomena para transar só com ela – que marido, que nada. Ele, desnorteado, sem entender o que se passava, mas certo de que "aquilo tudo era imoral e muito errado", decidiu agir.

Foi o vulto dele que Filomena avistou com o canto dos olhos no exato instante em que sofreu o impacto do primeiro dos muitos golpes que levaria dos capangas. Ficou mais de meia hora inerte na calçada até ser socorrida, não por uma ambulância, ou uma viatura de polícia, mas por colegas, que a encontraram, acudiram-na e foram correndo avisar Dona Chiquinha.

"Talvez este seja o sinal de que eu precisava", pensou Filomena em meio à dor intensa que sentiria também nos dias seguintes.

"Dona Chiquinha tantas vezes me contou que, no dia em que me encontrou, viu o sinal que era hora de começar a planejar a aposentadoria dela. Chegou a hora de eu começar a pensar na minha."

Eram duas horas de uma madrugada fria. Dona Chiquinha que, então, ainda era só a prostituta Chiquinha, caminhava desapontada pelas ruas do Rio de Janeiro. Não havia movimento. Eram tempos nervosos e complicados na capital do país. "Mas quais não eram?", pensava Chiquinha. Havia uma grande tensão política, uma rebelião tivera início poucos dias antes, um forte em Copacabana fora tomado por rebeldes. Chiquinha não entendera muito bem os propósitos da revolta, mas soube que, fossem quais fossem, não haviam sido atingidos. Para os rebeldes, tudo dera errado e acabaram vencidos. A *Gazeta de Notícias* informou que 18 deles, quando se perceberam derrotados, abandonaram o forte e saíram andando por Copacabana, desafiando os milhares de soldados das forças de resistência do Exército, parecendo dispostos a morrer. A maioria deles foi morta, mas uns poucos foram capturados vivos; havia quem os chamasse de heróis.

Chiquinha pouco entendia dessas coisas, só sabia que elas eram ruins para os negócios, menos gente saía à noite, a demanda caía e, com ela, qualquer perspectiva de faturamento.

Foi assim, procurando por clientes inexistentes numa madrugada fria daquele mês de julho, que Chiquinha encontrou Filomena. A menina estava sentada sozinha no banco de uma praça. Tinha a cabeça grudada nos joelhos encolhidos e envoltos pelos braços. Chiquinha sentou-se a seu lado, tentou falar com ela, perguntou o nome, mas não teve resposta. Insistiu. Nada. Quando perguntou onde morava, quem eram seus pais, falou em devolvê-la a eles, a menina moveu a cabeça e olhou-a pela primeira vez nos olhos. Era só uma menina, mas Chiquinha teve medo. Entendeu tudo naquele olhar que dizia, "não me pergunte, não queira saber, mas, também, não ameace me levar de volta". Viu mais. Viu uma beleza selvagem, não era nem uma beleza juvenil, ainda, mas Chiquinha enxergava longe. Olhou-a com cuidado, não parecia machucada, só com frio, os pés descalços. Pensou nos planos que vinha fazendo, mudou de tática.

"Quer macarrão?"

Faminta, Filomena balançou a cabeça lentamente, indicando que sim.

"Então vem comigo."

Com seu corpo todo moído e com dores intensas, Filomena pensava na noite em que fugira de casa, aos 12 anos, porque, bem, não gostava de se lembrar dos motivos, nunca falara deles com ninguém. A surra recente, encomendada pelo marido da amante, a lembrava... não, ela não queria se lembrar.

Nem a Dona Chiquinha ela contou sobre isso, nem a qualquer cliente, mesmo os regulares que, nos primeiros anos, ela achava que eram amigos. Nem a qualquer uma das colegas.

E foram tantas.

A maioria ficava pouco tempo, muitas desapareciam sem qualquer aviso e sem deixar notícias. Numa noite qualquer, punham num saco o pouco que tinham e sumiam, simplesmente saíam e não voltavam mais. Dona Chiquinha aprendeu a não ligar muito, sabia que não demoraria a repor a perda, mas não dava baixa nos registros da sumida na sua caderneta de débitos e créditos, pois aprendera também que algumas eventualmente voltavam. Estas seriam ou não acolhidas de volta por Dona Chiquinha, conforme seu humor, a opinião que tivesse da reaparecida e, principalmente, as perspectivas de lucro que ela pudesse lhe gerar. Fosse como fosse, se, novamente acolhida à pensão e ao trabalho, a ex--sumida podia contar como certo que, aos débitos passados, seriam acrescentados juros que vinham das contas que Dona Chiquinha fazia e ninguém entendia, mas na qual acreditavam porque ela, tida por todas como uma peste completa, tinha pelo menos algo de bom: era confiável.

Filomena começou a entender isso desde o início, naquela noite em que fora resgatada do banco da praça, ali onde se refugiara faminta, com frio e amedrontada. Comeu com gosto o macarrão que a moça lhe prometera, e a ele seguiu-se um sono bom.

Não adiantava retornar ao batente, concluíra Chiquinha, não havia demanda. E, depois, a menina estava lá. Dormiram as duas juntas na única cama do quarto apertado, o calor dos corpos encolhidos ajudando a vencer o frio. Filomena soube que a mulher se chamava Chiquinha na manhã seguinte, quando ganhou uma xícara de café e um único biscoito.

Filomena ficou morando com Chiquinha. No começo, falava pouco, no primeiro dia não disse nada além do próprio nome. Chiquinha aceitou isso depois de perceber que, se Filomena pouco dizia, era trabalhadora e obediente.

Chiquinha fez Filomena compreender que o acolhimento de teto, cama e comida tinha preço e o preço era o de Filomena ser sua empregada. Sem nenhum salário. Chiquinha dormia durante o dia e trabalhava à noite, a função de Filomena passou a ser a de aumentar as horas de sono e de trabalho da patroa cuidando de coisas como limpar o cortiço, cuidar das roupas, fazer a comida, lavar os pratos. E nada de dormir na cama, aquilo fora só na primeira noite. Filomena dormia sobre uns panos, na cozinha, que Chiquinha precisava da cama para o trabalho.

Aos poucos, a relação foi se estreitando. Chiquinha ensinou Filomena a ler, a fazer as contas básicas e, mais importante, dando curso a seu plano: explicou a Filomena que, quando ela completasse 16 anos, inverteriam os papéis. Seria Filomena que dormiria durante o dia e trabalharia à noite – não havia dificuldade no ofício, dizia-lhe Chiquinha –, e ela ficaria em casa, cuidado de tudo. Queria sair daquele cortiço, encontrar um lugar melhor, dar abrigo a outras Filomenas, estabelecer-se, enfim, como a cafetina que, havia alguns anos, sonhava em ser. Era a isso que chamava de "sua aposentadoria".

Filomena aceitara o acordo que, exposto assim, aos poucos, lhe parecera natural, até bom. Chiquinha era boa com ela, poucas vezes lhe batera, ao contrário de..., Filomena não queria nem se lembrar. E a vida de Chiquinha não lhe parecia ruim, ela podia levar uma vida igual.

Os planos das duas coincidiam e começaram a dar resultado. O olho de Chiquinha não havia falhado. Com os ganhos crescentes de Filomena e seus cuidados financeiros – Chiquinha era uma economista nata –, do cortiço passaram a uma casinha decente e, mais tarde, sempre no bairro do Estácio, a uma casa maior, com muitos quartos, cada um deles ocupado por uma Filomena diferente, que Chiquinha, agora já Dona Chiquinha, como ela exigia ser chamada, abrigava e explorava.

Quando aceitava uma recém-chegada, decisão a seu exclusivo critério, Dona Chiquinha acolhia a novata com cuidados. Levava ao médico e ao dentista, luxo raro à época, dava comida e roupa, sempre anotando tudo na caderneta e deixando claro que a expectativa de retorno era o trabalho na rua. As meninas também contavam com a proteção dos "associados" da Dona Chiquinha, que não deixavam que suas prostitutas fossem roubadas, enganadas ou que apanhassem de algum cliente metido a malandro.

As moças consideravam Dona Chiquinha muito ruim e muito boa, ao mesmo tempo.

Muito ruim, porque não admitia corpo mole, não tinha mal-estar que justificasse ficar uma noite em casa, as meninas trabalhavam pelo menos seis noites por semana, e até sete em ocasiões festivas, quando havia mais gente na rua. Às vezes, mesmo quando estavam menstruadas.

"Avisa antes o cliente, tem os que gostam", ensinava Dona Chiquinha.

E muito boa, porque cuidava de verdade diante da necessidade real, mantinha o acesso ao médico, dava aborto e, quando alguma acabava tendo a criança, buscava solução. Sempre mais simples quando a criança era branca, porque aí era possível encontrar quem a quisesse. Já as crianças negras, essas, nem Padre Mário. Aliás, muito menos Padre Mário. Fora ele que contara a Chiquinha a história de Noé, Cam e Canaã e da "maldição dos negros", razão pela qual eles compunham uma raça "da qual Deus gostava menos". Meninas e meninos negros cresciam por ali. Dona Chiquinha não era religiosa, e nem gostava de Padre Mário, mas precisava manter a fama de devota, que pegava bem entre os clientes. Conhecia por dentro toda essa hipocrisia, e se aproveitava dela.

Foi com essas crianças que Filomena descobriu o jeito que tinha com os pequenos. Ela mesmo não entendia. Não tivera filhos, nunca praticara, digamos assim, mas adorava as crianças, que, em reciprocidade e intensidade ainda maior, também a adoravam.

"Vai ser assim", pensou Filomena. "Quando passarem estas dores infernais, chega de ser puta."

Dona Chiquinha mais de uma vez disse que seus créditos na caderneta estavam altos.

"Vou pedir meu dinheiro a ela e me ajeitar numa casinha em que vou tomar conta de crianças, vai ser meu ganha- pão. O que não falta e nem vai faltar é puta com criança pra cuidar. Talvez como negócio não seja tão bom quanto o puteiro, mas vou gostar mais."

Semanas mais tarde, recuperada da surra encomendada pelo marido da amante, Filomena discutiu o assunto com Dona Chiquinha, contou dos planos de deixar o prostíbulo e se dedicar às crianças. Chiquinha aprovou a ideia, celebrando por dentro a opção de Filomena por outro ramo de negócio.

"Uma grande notícia", considerou, pois lhe pouparia a concorrência.

Dona Chiquinha era a única que tinha conta em banco. Separou o dinheiro que era de Filomena e ajudou-a na escolha da casinha que Filomena comprou, ajeitou e para a qual se mudaria dali a alguns dias.

Já eram mais de onze da noite quando a campainha tocou. Dona Chiquinha não estranhou, era naquele horário que as coisas aconteciam por ali. Atendeu. Filomena estava em seu quarto. Minutos depois, Dona Chiquinha foi até ela.

"Chegou uma menina nova", disse, "veio de Belo Horizonte. É uma negra novinha. Está prenha, promete negócio pra nós duas, vem conhecer."

"Como ela chama?", perguntou Filomena.

"Das Dores", respondeu Dona Chiquinha. "Maria das Dores."

Capítulo 2

Maria das Dores e Joaquim, Rio de Janeiro, 1950

Maria das Dores conheceu Joaquim nas ruas do entorno do Estádio do Maracanã na tarde de domingo em que o Brasil venceu a Suécia por 7 a 1. Embora incompleto – só ficaria pronto muitos anos mais tarde –, o Maracanã fora inaugurado dias antes e era o novo orgulho nacional. Era o maior estádio de futebol do mundo, Joaquim queria conhecê-lo de qualquer jeito.

Ele viu o jogo de uma área do estádio chamada de Geral, de onde os torcedores assistiam aos jogos em pé. Nos degraus inferiores da Geral, a cabeça do torcedor ficava poucos centímetros acima do nível do gramado, pouco se via além das pernas dos jogadores e, às vezes, a bola. Mas era a Copa, o Brasil ia vencê-la, ser campeão do mundo, Joaquim queria poder dizer que fizera parte da festa, ainda que o preço do ingresso, o mais barato possível, e para lugar tão ruim, tivesse lhe doído no bolso.

Das Dores não entrara no estádio, contentara-se em fazer parte da multidão que acompanhava o jogo do lado de fora e que gritava gol mesmo sem nada ver nem saber exatamente o que se passava lá dentro, apenas acompanhando as comemorações que ouvia.

A cidade virou uma festa que se estendeu por muitas horas depois do jogo; as pessoas compartilhavam bebidas, rodas de música se formavam. Foi numa delas que o viu.

Naquela hora ela não era a prostituta Das Dores, isso ficaria para mais tarde, à noite, era só a Maria das Dores que procurava alguém que também estivesse procurando alguém.

O breve olhar que deu a Joaquim foi suficiente para que ele se aproximasse, todo sem jeito. Trocaram monossílabas, os nomes e não muito mais que isso, mas ficaram juntos até a hora em que Das Dores disse que tinha que ir embora. Antes de se despedir, olhando Joaquim diretamente nos olhos, disse quase cuspindo, entre os dentes e com alguma agressividade:

"Sou puta, e tenho um filho."

Joaquim manteve os olhos tranquilos, esperou um pouco antes de responder, devagar.

"Minha mãe também era. E a minha irmã. Ela também tem um filho, meu sobrinho é lindo e também se chama Joaquim."

Das Dores desmontou-se por dentro. Aquela era a coisa mais linda que ela ouvira em seus 16 anos de vida. Caiu no choro, deu um beijo em Joaquim e virou-se para ir embora, de repente tinha muita pressa, quando ouviu:

"Ei, como eu te encontro de novo?"

Das Dores parou, voltou-se em direção a ele. Então, combinaram, eles se encontrariam de novo.

Dias depois, Das Dores mudava-se para o quartinho de pensão que Joaquim alugava. Era o máximo que lhe permitia o que ganhava como auxiliar de pedreiro. Das Dores recém se mudara para lá, a condição que Joaquim lhe impusera fora a de que "deixasse a vida".

"Mas como a gente faz?"

Joaquim ouvira que a dona da pensão precisava de uma ajudante.

"Você ajuda Dona Isadora."

"Ela deixa levar o Luisinho?"

Ela deixava, desde que Das Dores cuidasse dele e de muito mais. Sem receber qualquer salário, é claro, só pelo direito de viver ali, no quartinho com Joaquim, e das refeições que ela e o filho faziam sob o olhar sempre severo de Dona Isadora.

"Como pode comer tanto um menino de dois anos?"

A vida era dura. Das Dores trabalhava os sete dias da semana, só folgava nas tardes de domingo, já que a pensão não dava janta aos domingos à noite. Era a única refeição da semana que pulava, os moradores que se virassem. A maioria simplesmente não comia nada. Dona Isadora aprendera que o café da manhã da segunda-feira tinha que ser reforçado, ou seja, para os que pediam, um olhar torto e mais um pãozinho.

Das Dores esperava pelos domingos à tarde para brincar de esposa. Arrumava-se do jeito que podia, deixava Luisinho dormindo na pensão, com Dona Isadora, e ia dar uma volta com Joaquim. Quase sempre iam ao Maracanã, fora lá que se conheceram, não ficava tão longe, dava para ir a pé, ouviam a festa do jogo do lado de fora, fosse o jogo que fosse, e não gastavam nada. Maria das Dores era feliz.

Foi justamente num fim de tarde de domingo, na cama, depois do sexo, exaustos e relaxados, que Joaquim perguntou a Das Dores qual a primeira recordação que ela tinha da vida. Perguntou por perguntar, ainda sabiam pouco um do outro, mas ela levou a pergunta a sério.

“Não sei, espera, deixa eu pensar.”

Chegara no Rio de Janeiro havia três anos e às vezes tinha a impressão de que sempre vivera ali. É claro que se lembrava do pai, da mãe e dos irmãos em Belo Horizonte, era só que aquilo tudo lhe parecia tão distante que ela tinha dúvidas se fazia, mesmo, parte da vida dela ou se fora uma outra vida que tivera. Ao cabo de algum tempo, respondeu.

“Acho que é da Elza me fazendo cócegas.”

Capítulo 3

Barro Preto,
Belo Horizonte, 1934-1947

Maria das Dores nasceu Maria das Dores dos Santos Menezes, filha do operário Luís Menezes e da dona de casa Teresa dos Santos.

O casal teve sete filhos, dois do quais Maria das Dores não conheceu, morreram antes de ela nascer. Era justamente a sétima, a quinta viva e a quarta menina.

De menino só havia o João, que era o mais velho. As meninas, por ordem de idade, eram a Teresinha, a Elza, a Lurdes e Das Dores. Ela era a única Maria. Fora promessa da Dona Teresa para que não nascesse lesa, como acontecera com Lurdes.

"Se tivesse sido batizada como Maria de Lurdes, não era lesa", dizia Dona Teresa.

Mas mudou de opinião e se arrependeu logo, pois, antes de Das Dores completar um ano, Dona Teresa conheceu o Pastor Virgílio, e passou a frequentar a Igreja Batista.

Lá, aprendeu que a Maria da Bíblia não tinha qualquer importância, o único realmente importante era Jesus, só Jesus. Era para Jesus, agora, que Dona Teresa orava, com quem conversava e quem lhe dava conforto. Mas a certo preço, porque Jesus era também muito exigente, o Pastor Virgílio explicava o que Ele queria que as pessoas lessem — só a Bíblia —, o que podiam e o que não podiam fazer, como deveriam comportar-se, vestir-se, cortar o cabelo. Enfim, Jesus era detalhista.

Seu Luís acatava as novas inclinações da esposa com respeito e alguma inquietação. Sabia que optavam por fazer parte de uma segunda e igualmente rejeitada minoria. À época, protestante era também um xingamento. Nas altercações, eram mais comuns as ofensas associadas a doenças, "seu morfético", "tísico", "lazarento", mas Seu Luís eventualmente ouvira, em algumas ocasiões, alguém incluir "seu protestante!".

As idades dos filhos diferiam de um ano, um pouco mais, um pouco menos, Dona Teresa passara os dez primeiros anos de casada grávida ou amamentando. Assim era, à época, e assim devia ser, como aprendera com o Padre Augusto. Mas o Pastor Virgílio lhe comunicou que Jesus achava que estava bom, não precisava mais ter filhos, Das Dores podia ser a última. Dona Teresa deu graças a Deus. Quer dizer, a Jesus.

Desde pequena, Maria das Dores habituara-se a ouvir o pai dizer, referindo-se a ela, com indisfarçável satisfação e orgulho:

"Essa aqui nasceu no dia em que o Dr. Getúlio foi eleito presidente."

Seu Luís referia-se às eleições indiretas de 1934 que, de fato, reconduziram Getúlio ao cargo que ele já ocupava desde que liderara a Revolução de 1930, que saíra vencedora, depusera o então Presidente Washington Luís a menos de um mês do fim de seu mandato e impedira a posse do eleito, Júlio Prestes. Quando alguém falava algo contra Getúlio, reclamava do golpe de 1937 ou qualquer coisa parecida, Seu Luís se exaltava.

"Não tinha jeito, os malditos comunistas iam tentar de novo."

Referia-se ao Plano Cohen, uma farsa, como se saberia mais tarde, forjada pelo capitão Olímpio Mourão Filho, que era integralista. Esse mesmo Olímpio contribuiria para outro golpe, em 1964, mas essa é outra história. Seu Luís emendava:

"Getúlio venceu os comunistas em 35 e os integralistas em 38. Sem Getúlio, este país estava roubado."

A família dos Santos Menezes morava no Barro Preto, em Belo Horizonte, numa casa velha, pequena e simples que ficava perto da Estrada de Ferro Central do Brasil.

Maria das Dores nunca soube muito a respeito da trajetória completa do pai. Para ela, desde que se entendia por gente, ele era operário da Cia. de Cigarros Souza Cruz. Tal posição conferia grande prestígio a Seu Luís, "ainda mais um preto", como dizia o amigo Manuel, dono da padaria que ficava mais perto do bairro. Era lá que Luís passava as tardes de domingo, jogando dominó com os outros fregueses.

Os filhos de Luís e Teresa iam à escola, não faltava quem manifestasse estranheza na presença "daqueles negrinhos" no Grupo Escolar Dom Pedro II.

"Aqui é lugar para eles?"

Todos os cinco completaram o Curso Primário. Primeiro Elza, mais tarde Maria das Dores, pelo bom rendimento e manifestação de interesse, também cursaram o Ginásio. Maria das Dores, entretanto, apenas começou o curso.

A mãe estava sempre ocupada. João era mais velho e tinha interesses de menino, não lhe dava nenhuma bola. Teresinha era, para todos os efeitos, o braço direito da mãe, e Lurdes era lesa. Maria das Dores acabou naturalmente se aproximando mais de Elza, era com ela que brincava e com ela aprendia tudo. Até os três ou quatro anos, fora a boneca da irmã, que se divertia em alimentá-la, vestir-lhe e penteá-la, até banho dava. Dona Teresa achava bom. Elza gostava de fazer cócegas na irmã, para ouvir a gargalhada alta, gostosa, quase aos gritos, de Maria das Dores. Aí, Dona Teresa ralhava.

Maria Das Dores herdava tudo de Elza, das roupas aos livros e cadernos que a irmã usara dois anos antes, na escola. E foi por causa de Elza que Das Dores não achou que ia morrer quando, aos 13 anos, notou que lhe escorria sangue pelas pernas e viu de onde ele brotava. Tinha visto o susto de Elza quando a mesma coisa acontecera com ela e, embora tivesse sido mantida à distância, percebeu que Dona Teresa tratara o ocorrido com dureza e certa rispidez. Chegou a pensar que Elza tivera alguma culpa. Justamente por isso, não foi à mãe, mas a Elza que recorreu,

"Aconteceu aquilo", e mostrou o sangue.

Elza entendeu.

"Vem, vou te mostrar como faz com as toalhinhas."

Na casa, todas as filhas ajudavam nas tarefas domésticas segundo as ordens de Dona Teresa, que procurava aproveitar os talentos e aptidões naturais de cada filha. Teresinha era paciente, o que significava que Lurdes ficava a maior parte do tempo aos cuidados dela. Também era Teresinha que ajudava na cozinha, separava arroz, picava alho, descascava cebolas e batatas. Elza era boa para organizar as coisas, então a arrumação era por conta dela, incluindo as roupas, que recolhia, dobrava, empilhava e guardava as que estavam limpas nos armários. Das Dores era a mais rápida, era ela que fazia as compras, porque ia e voltava correndo, trazia tudo da lista e não errava nas contas.

Como as outras, Das Dores cumpria qualquer tarefa sem reclamar, mas não gostava quando a mãe pedia a ela para ir à padaria daquele português muito grande, muito gordo, muito branco, muito peludo, sempre muito suado e que cheirava mal. Já fazia algum tempo que Seu Manuel a olhava de um jeito estranho. Ela se intimidava, sabia que não era um olhar bom.

Quando a padaria estava sem movimento, o português enrolava, puxava conversa, elogiava a saia. Das Dores permanecia calada, mas sentia o sangue subindo quente pelo rosto.

Pior ainda era quando, além do Seu Manuel, na padaria só estava o Justiniano. Quase sempre bêbado e sem dinheiro, ia lá na esperança de uma piedade qualquer do Seu Manuel, a quem devotava lealdade canina e estava sempre disposto a prestar favores. Daí, Seu Manuel tinha a quem falar. Como naquele dia.

"Notou que ela já botou peitinhos, Justiniano?"

Justiniano riu sua risada de bêbado.

"Você já viu peitinho de chocolate, Justiniano? Eu queria ver."

Outra gargalhada, mais alta e mais fina, uma gosma pendendo da boca em que vários dentes faltavam.

Das Dores saiu correndo, deixou o pacote, Seu Manuel gritou avisando, Das Dores voltou relutante. Seu Manuel deixou o pacote cair pra dentro do balcão, foi de propósito, notou Das Dores,

"Me ajuda aqui", ele mandou.

Ela não foi. Mas ele foi até ela, pegou-a pelo braço, puxou-a para dentro.

"Olha aqui um pouco pra mim, Justiniano", ordenou Seu Manuel.

Justiniano levantou-se e, braços cruzados e cara de mau, postou-se à porta da padaria.

Indefesa, confusa, perplexa, surpresa, Das Dores não soube como resistir. Mas não chorou.

O português foi rápido. Quando encerrou, deu-lhe um tapa forte no rosto, temeu ter-lhe quebrado alguns dentes. Não tinha. Falou cuspindo cada palavra.

"Se abrir a boca eu mato você e todos aqueles negros de merda da tua família."

Começou o caminho de volta para casa agarrada ao saco e chorando muito, mas foi se endireitando aos poucos. Enxugou o rosto, bateu o pó da roupa, procurou se havia mancha, não havia.

Não diria nada a ninguém, não daria desgosto à mãe e ao pai, Das Dores sabia que ao pai lhe agradava a companhia do "amigo branco". Tampouco diria algo a Elza, mas, aí, era por vergonha, Elza teria feito isso, teria dito aquilo, com Elza isso nunca acontecia, mas, comigo...

Os dias foram passando. Algumas semanas depois, numa manhã quente de domingo, quando todos na casa dormiam até um pouco mais tarde, Das Dores estava desperta e sentia-se enjoada. Acordou a irmã. Ainda com sono, Elza perguntou o que ela comera na véspera. Das Dores não se lembrava, comera o que a irmã comera, o que todos da casa haviam comido.

Notando o rosto contorcido da irmã, Elza levantou-se para ampará-la.

"Acho melhor irmos para o banheiro", ia dizendo, mas não completou a frase. Recebeu um jato de vômito no colo no exato instante em que começava a amparar a irmã.

"Que nojo, Das Dores!", disse Elza, já começando a livrar-se da camisola cheirando azedo.

Das Dores passou bem o dia, não voltou a pensar no assunto, mas a cena se repetiu na manhã seguinte. Desta vez, Das Dores não acordou Elza, foi sozinha ao banheiro, esforçou-se para não fazer barulho. A mesma coisa no outro dia, e no outro.

Semanas mais tarde, com a menstruação muito atrasada, compreendeu que estava grávida.

"O que está acontecendo com você?" perguntou Dona Teresa.

Nas últimas semanas, notara que o comportamento da filha mudara da água para o vinho, pensava sem perceber que empregava a metáfora bíblica às avessas. Dona Teresa notara a mudança de comportamento da menina, mas não conhecia seu desespero. E Maria das Dores estava desesperada. Emudecera. Ao contrário do que sempre fora, agora, nunca tomava a iniciativa de falar algo. E, frequentemente, não respondia ao que lhe perguntavam. Deixara cair o jarro de água, isso nunca acontecera, foi caco de vidro pra tudo quanto é canto, Dona Teresa proibiu que andassem descalços pela casa por pelo menos três dias.

Fora de casa também notaram. No Dom Pedro II, a professora de Português, que se acostumara com a negrinha alegre que fazia redações simples, mas com poucos erros, estranhou o novo jeito avoado e distante da menina. Comentou com o Professor de Matemática.

"O que estará havendo com a negrinha?"

Ele também notara, mas não sabia, limitou-se a dizer que não estranhava.

"Desse tipo de gente, aprendi a esperar tudo, e nada me surpreende."

Emendou com uma gargalhada. A professora não viu graça, mas também riu.

Elza era a mais intrigada. Tinha coisa, ali.

"Por que você não me conta, Das Dores? Pode contar."

Das Dores não respondia. Desconfiada, Elza passou a observar a irmã com mais cuidado. Das Dores percebeu e isso aumentou seu desespero.

À noite, na cama, gastava horas fazendo planos. Estava determinada a fugir de casa. Não daria o desgosto de sua gravidez ao pai e à mãe, muito menos à mãe, tão moralista se tornara Dona Teresa desde a conversão. Teria o filho, daria um jeito, mas seria longe dos pais, longe de Elza, longe de tudo. "Mas como, meu Deus, como?" Pensava, pensava e sempre chegava na mesma e única saída que lhe dava asco, ânsia de vômito.

Mas foi a que pôs em prática um dia depois de ouvir um comentário qualquer da mãe. A verdade é que ela nem entendera direito, mas achara que tinha alguma coisa a ver com o fato de ela ter engordado. Elza também ouviu e ficou olhando fixamente para Maria das Dores, que não devolveu o olhar.

No dia seguinte, aproveitou a lista de compras e foi à padaria do Seu Manuel.

O português enlouqueceu.

"Sua puta", reagiu Seu Manuel, "negrinha puta de merda."

Maria das Dores ignorou, sabia que ouviria algo parecido. Manteve-se firme e seguiu com o plano. Com os olhos no chão, mas sem chorar e nem tremer a voz, disse:

"Daqui a pouco vai dar pra ver, eles sabem onde estou o tempo todo, vão acabar descobrindo, vai ficar ruim pra todo mundo."

O todo mundo era basicamente ela e Seu Manuel, mas Das Dores se recusava a pensar em ambos como "nós".

Cheirando pior naquele dia do que habitualmente, Seu Manuel cuspiu no chão, voltou a xingá-la entre os dentes, mas ponderou. Ela tinha razão.

"Volta aqui amanhã. Puta."

Ela voltou.

"Você vai de trem para o Rio de Janeiro, eu tenho uma conhecida que mora lá e precisa de uma empregada. Amanhã de madrugada". E completou: "Não quero nunca mais ver a tua cara por aqui, negrinha filha da puta."

Das Dores não dormiu naquela noite. Acompanhou atenta o relógio, esperando o horário em que sairia, pé ante pé, rezando para não acordar ninguém, especialmente Elza, que dormia na cama ao lado e tinha sono leve. Teria que passar pela sala, onde dormia João. Mas o sono dele era pesado.

Sob a cama, já tinha colocado seus poucos pertences na sacola que pegara da mãe. Era uma sacola leve.

Na estação, Seu Manuel esperava por ela, queria certificar-se de seu embarque. Cheirava mal e demonstrava nervosismo, olhava desconfiado uma a uma as poucas pessoas no local, queria ter certeza de que não conhecia ninguém. Deu-lhe o bilhete sem dizer palavra e nem olhar para ela. Maria das Dores preferiu que fosse assim.

Entrou no trem, procurou seu lugar, no meio do vagão da segunda classe. No banco ao lado, estava um homem de uniforme do Exército que já dormia, quando ela chegou ali. Ninguém perguntou nada, ninguém pareceu estranhar a sua idade. De fato, ninguém sequer olhou para ela, fora suficiente mostrar o bilhete ao funcionário, que demonstrara muita pressa.

Das Dores não dormiu e pouco se moveu durante as dezesseis horas de viagem até o Rio de Janeiro.

Capítulo 4

Chegada ao Rio de Janeiro, 1947

Quando Filomena viu Maria das Dores pela primeira vez, a menina estava jogada numa cadeira da cozinha, quase dormindo. Ao ouvir Dona Chiquinha se aproximando, entretanto, ela se aprumara e, ereta na cadeira, voltara a agradecer a acolhida.

"Muito obrigada, Dona Chiquinha, a senhora é muito boa."

Filomena segurou o riso, reconhecendo no gesto de Maria das Dores o resultado da tática infalível que tantas vezes observara Dona Chiquinha aplicar. Diante de alguma novata que lhe pedia abrigo, a resposta imediata era sempre uma de muitas variações do simples não. "De jeito nenhum", "Sinto muito", "Não dá", "Tenho a casa lotada, não está vendo?", "Pode ir andando". Dizia tudo isso enquanto observava a recém-chegada, avaliando seus recursos, seus dotes, seu grau de desespero. Eventualmente, demonstrava alguma remota inclinação a mudar de ideia. Se viesse a fazê-lo, contudo, era porque ela era uma pessoa muito boa. "Esse, aliás, sempre foi o meu problema, ser boa demais", observava sobre si mesma, para quem quisesse ouvir. Construía uma situação em que a abrigada estaria disposta a toda sorte de concessões pela enormidade da dívida moral que, aos poucos, seria transformada em débitos concretos na caderneta de Chiquinha.

"Oi, eu sou a Filomena. Dona Chiquinha me disse que você veio de Belo Horizonte."

Maria das Dores virou a cabeça na direção de Filomena, notando pela primeira vez a sua presença na cozinha. Até então, só tivera olhos para Dona Chiquinha, a santa protetora que lhe dera abrigo. Achou Filomena bonita, muito mais bonita que a sua mãe. Mas por que comparara Filomena à mãe? Ficou olhando apalermada e não respondeu. Filomena sorriu.

"Vamos botar essa menina para dormir, Dona Chiquinha, amanhã a gente fala com ela."

Foi a vez de Dona Chiquinha não responder. Voltou-se para Maria das Dores.

"Quer macarrão?"

No dia seguinte, descansada, Das Dores contou a sua história, começando por repetir o pouco que já dissera na véspera. Ela se chamava Maria das Dores, tinha 13 anos e estava grávida. Ninguém fez perguntas.

Viera de trem de Belo Horizonte, de onde saíra na véspera, de madrugada. Viajara por dezesseis horas, chegando ao Rio de Janeiro perto das nove da noite. Tinha um endereço para onde ir, informou-se aqui e ali para saber como chegar. Ficava no bairro do Estácio, ao qual fora a pé, que remédio, carregando a sacola que pegara escondido da mãe e que continha todos os seus poucos pertences. Era uma sacola leve.

Caminhara por uma hora e, quando chegou ao Estácio, descobriu que o endereço não existia. Encontrou a rua e havia casas nela, mas não aquele número. Batera em algumas casas de números próximos, apresentara-se. Vinha de Belo

Horizonte com a indicação para ser a empregada doméstica de uma casa daquela rua, era aquela? Em algumas casas ninguém sequer abriu a porta. Nas que abriram, as pessoas que a atendiam, sempre de má vontade, repetiam o mesmo: "Não, não é aqui". "Não, não conheço ninguém em Belo Horizonte". "Não, não preciso de empregada."

Na última casa em que bateu, o homem que a atendeu disse isso tudo, mas olhou-a um pouco mais longamente.

"Espera", falou.

Entrou na casa e, minutos depois, voltou com um bilhete. Indicou à menina o caminho do prostíbulo, que era ali perto, e mandou que entregasse o bilhete à Dona Chiquinha.

"Ela vai cuidar de você."

Das Dores estava exausta, moída, faminta e, sem qualquer alternativa, obedeceu, encantada com o que ouvira. "Ela vai cuidar de mim."

Chegou ao local, tocou a campainha, Dona Chiquinha atendeu. Olhou para a menina. Esta nada lhe disse, apenas estendeu-lhe o bilhete.

A partir daí, Dona Chiquinha e Filomena conheciam a história.

O bilhete, que vinha de um bom cliente, dizia, "Chiquinha, carne fresca pra você, não esquece que fui eu que indiquei, guarda pra mim, Aldir". Dona Chiquinha decidira imediatamente que acolheria Das Dores, mas, é claro, submeteu-a ao ritual do não, nem pensar.

Maria das Dores começou a trabalhar imediatamente nos serviços domésticos.

Chiquinha deixaria Das Dores ter o filho, não tanto

porque "a menina queria", isso era o de menos, pensava, mas porque três ou quatro meses de gravidez, conforme estimara, já era muito, passara do ponto.

Fosse como fosse, colocaria a menina na rua, depois do nascimento do filho. Agora, punha as meninas na rua aos 15 anos.

"São outros tempos", dizia, "as meninas com 15 anos de agora parecem as de 18 de dez anos atrás."

Das Dores era de trato fácil. Falava pouco, nunca discutia e trabalhava pesado, sem reclamar. Dona Chiquinha e Filomena se afeiçoaram a ela. Dona Chiquinha não relaxou um pingo nas exigências que fazia à novata no trabalho e seguiu seu protocolo de oferecer médico e dentista.

No ano seguinte, nasceu Luisinho, batizado Luís dos Santos Menezes, a madrinha foi Dona Chiquinha. O parto foi fácil e o menino nasceu forte e com saúde. Maria das Dores o amamentou até completar 15 anos.

"Agora chega, Das Dores, disse Dona Chiquinha. É hora de você começar a pagar o muito que me deve."

Luisinho passaria aos cuidados de Filomena e Maria das Dores iria para a rua.

Em seu primeiro cliente, reconheceu Seu Aldir.

Chorou muito. Seu Aldir mandou parar, ameaçou dar uns tapas, só não o fez porque conhecia bem "os assistentes" de Dona Chiquinha, mas reclamou.

"Essa eu não pago, Chiquinha, pela indicação e pelo choro."

"Choro?"

"Chorou o tempo todo."

Foi a mesma coisa com os clientes seguintes, naquela e por outras muitas noites. Nesse ponto, Dona Chiquinha pensava, Maria das Dores dera bem mais trabalho do que Filomena, que teve a vantagem de ter sido a primeira, mais bem treinada e por mais tempo.

Como Maria das Dores, Filomena também não era mais virgem quando começou a trabalhar na rua. A respeito disso, aliás, Dona Chiquinha também não fizera perguntas. Lembrava do olhar que recebera da menina no dia em que se conheceram. Fato é que Filomena fizera bonito desde o primeiro dia.

Já Maria das Dores, embora informada com antecedência e muita clareza sobre os planos contra os quais nunca se manifestara — e como? —, chorava para sair de casa e chorava quando voltava.

Mas o mais grave é que faturava pouco. Dona Chiquinha ficava brava, ameaçava bater, e Das Dores sabia que era uma possibilidade real, vira Dona Chiquinha fazer isso com colegas.

A coisa ficou assim por algum tempo, às vezes um pouco melhor, às vezes um pouco pior, Dona Chiquinha sempre reclamando muito.

Até que, numa noite de quinta-feira, no dia em que o Brasil venceu a Espanha por 6 a 1, no Maracanã, Das Dores procurou por Dona Chiquinha e lhe disse que conhecera alguém. Dona Chiquinha não achou ruim. Na verdade, pensou que talvez fosse um alívio, Das Dores lhe dava pouco lucro, um baixo retorno do seu investimento. Por isso, quando ouviu a notícia, disse apenas: "Vou buscar minha caderneta".

Capítulo 5

Joaquim

"Ela morreu de desgosto, Joaquim?"

Maria das Dores tinha lágrimas nos olhos. Ouvira o relato do marido e ficara pensativa, imaginando aqueles que seriam seus sogros, se estivessem vivos.

"Não, de desgosto, não. Morreu de repente, foi enterrada sem que soubéssemos exatamente de que foi. Mas era doença, ela cuspia sangue pela boca nos últimos dias."

Fez uma pausa.

"Agora, o desgosto ajudou, é claro."

Joaquim contara a Maria das Dores a história resumida de Dona Rosa e Seu José.

Rosa da Silva fora prostituta até os vinte anos, quando conheceu José Gomes, que trabalhava como carregador.

Rosa e José moraram juntos por muitos anos antes de se casar, o que só viriam a fazer quando os filhos Joaquim da Silva Gomes e Rosália da Silva Gomes já estavam grandes. Casaram-se, na verdade, para recompensar os esforços insistentes do Padre Helder, "um homem tão bom", como Seu José se referia a ele. "Nem parece que é padre", dizia.

Dona Rosa ria.

"Mas ele é um homem bom de verdade, disse Joaquim. Vai batizar nosso filho."

Maria das Dores engravidara poucos meses depois de

se mudar para o quartinho que partilhava com Joaquim e Luisinho na pensão de Dona Isadora.

Ela achava que isso ocorrera porque parara de tomar o chá forte e de gosto insuportável que Dona Chiquinha obrigava que as suas "meninas" tomassem diariamente, para que não engravidassem. Dona Chiquinha tinha ancestralidade índia por parte de mãe, com quem aprendera uma série de práticas nas quais ela acreditava piamente, mas que, a realidade mostrava, nem sempre funcionavam. Uma delas era esse chá, que Dona Chiquinha não ensinava a ninguém como fazia e que, em tese, funcionava como contraceptivo. Quando alguma menina engravidava, ela não atribuía a falha ao chá, preferia acusar a menina de esquecer de tomá-lo-.

O casal ficou feliz com a notícia da gravidez. Quem não gostou foi Dona Isadora. "Você não vai trabalhar menos por isso, Das Dores, vai ter de ser até mais dedicada, porque daqui a pouco tem mais uma boca pra alimentar."

Joaquim e Maria das Dores conversavam na cama naquele único e mágico momento da semana, a tarde de domingo. Joaquim contara a Das Dores uma história que ouvia sempre do pai e que reproduzia com as mesmas palavras. Dois episódios, apartados um do outro por dez anos, o fizeram se deparar com um negro corajoso, que despertou sua admiração. Seu José sempre lembrava do susto que tomou quando reconheceu em um diretor de teatro aquele homem valente, cujo entrevero ele havia presenciado e que tanto o impressionara dez anos antes.

No Carnaval de 1936, Seu José caminhava pela rua quando algo lhe chamou a atenção. Havia uma festa em um bar e uma fila de gente se formara na calçada. Aguardavam a vez de entrar. A fila, e foi isso que lhe chamou a atenção, incluía dois negros.

Seu José conhecia as regras tácitas daquele e de todos os outros bares e restaurantes do Rio de Janeiro, assim como das lojas comerciais e de serviços. Elas eram bem simples: negro não entrava. No caso raro da concessão, era pela porta dos fundos.

Mas os dois negros estavam na fila da porta principal, e Seu José queria ver o que aconteceria quando chegasse a vez deles.

Seu José não estava perto o bastante para escutar o que diziam, mas a cena era suficiente para entender tudo. Um porteiro e um segurança haviam barrado os dois negros da fila. Notou pelos gestos que o porteiro sinalizava o caminho que deveriam seguir, para lá, para trás, para a porta dos fundos. Mas os negros da fila se recusavam. O som das vozes ia subindo, agora Seu José ouvia o que diziam.

"Somos cabos do Exército Nacional, lutamos na revolução, entrar pela porta da frente é nosso direito", gritava o mais exaltado da dupla.

"Os pelos dos meus braços se arrepiaram todos", contava Seu José, "achei aquilo lindo."

A conversa durou pouco. Alguém deu um primeiro empurrão, que foi revidado e, em segundos, os quatro estavam em pleno pugilato. A fila recuou para dar espaço e logo se desfez, todos queriam acompanhar a luta, ninguém interveio.

Então os pelos dos braços de Seu José se arrepiaram de novo, mas agora por outro motivo. Viu quem se aproximava a passos rápidos, acompanhado de quatro soldados, todos brancos, todos armados. Era ninguém mais, ninguém menos do que o temido chefe-geral do Departamento de Ordem Política e Social, o DOPS. Não tinha como ter sido avisado e chegado tão rápido, tinha de ser uma coincidência, ele devia estar por ali.

"Eles deram azar", ponderava Seu José, e Joaquim repetia a frase do pai.

Não perderam tempo com perguntas ou busca por explicações. Começaram a apanhar ali mesmo, na frente de todos.

Seu José não podia imaginar que, anos mais tarde, viria a conhecer pessoalmente aquele homem que ouvira gritar exigindo seus direitos e que tanto lhe impressionara. Mas assim fora.

Era o diretor que comandava o grupo de teatro ao qual Seu José e Dona Rosa haviam se integrado. Chamava-se Abdias, Abdias do Nascimento, e o grupo organizado por ele era o TEN – Teatro Experimental do Negro.

Ficaram amigos. Abdias lhe contaria aquela história inteira em detalhes, incluindo os desdobramentos dos quais Seu José não podia ter conhecimento.

Abdias e Rodrigues Alves, nome de seu colega e amigo, eram mesmo cabos do Exército, como disseram. Estavam de folga e à paisana. Era Carnaval, viram o bar, a festa, quiseram entrar.

A parte da briga, Seu José sabia, pois testemunhara.

Presos pelo chefe do DOPS, foram levados dali para o temido Gabinete de Investigações, onde foram brutalmente torturados.

Abdias contou também que ele e Rodrigues seriam acusados formalmente pelo grave crime de querer entrar pela porta da frente do bar, e a sentença que receberiam pelo delito incluiria a expulsão do Exército e o encarceramento numa penitenciária.

Anos mais tarde, depois de deixar a prisão e o Exército, Abdias precisou se reinventar, virando, entre outras coisas, diretor de teatro. Ele dirigia um grupo empenhado na montagem da peça *O Imperador Jones*, de Eugene O'Neill.

Foi justamente para disputar uma participação nessa peça que Dona Rosa se juntou ao grupo, aceitando o convite feito por uma colega da recém-criada Associação das Empregadas Domésticas. Quando conheceu Seu José, Dona Rosa "deixou a vida", como ela dizia, e passou a trabalhar numa "casa de família".

A peça seria encenada sem que o autor recebesse direitos autorais. O próprio Eugene O'Neill abriu mão deles por escrito em resposta à carta que recebeu de Abdias comunicando o desejo de montar o espetáculo e confessando não ter recursos.

À época, Charles Chaplin, que era então, possivelmente, o ator mais famoso do mundo, estava casado com Oona, a filha de Eugene.

A autorização pessoal que o sogro de Charles Chaplin dera a Abdias para montar a sua peça causou furor no Rio de Janeiro.

Dona Rosa disputou o papel da velha nativa, que era secundário, mas, também, o único feminino. Perdeu-o para uma moça muito mais jovem chamada Ruth de Souza. Dona Rosa não digeriu bem a derrota e demonstrou algum despeito.

"Aquela menina era muito jovem para a personagem, meu tipo físico era mais adequado. Mas ela era linda, os homens ficavam todos babando."

Abdias despertou em Seu José sentimentos que Seu José não sabia que tinha. Admirava a coragem do novo amigo, a disposição para a luta, que não esmorecia nem com as injustiças colossais que sofrera.

Seu José tomava Abdias como um exemplo, queria ser como ele, tornara-se seu admirador.

Envolveu-se e até provocou situações parecidas à que Abdias enfrentara naquela porta de bar para também "exigir seus direitos". Chegou a usar técnicas que aprendera no TEN para empostar melhor a voz. Praticava com antecedência os discursos que faria, as coisas que diria.

Mas não tinha a mesma prática, os mesmos recursos intelectuais e físicos, o mesmo jogo de cintura. Perdeu o emprego, teve dificuldades em encontrar outro, estava marcado como "um negro abusado". As coisas, de um modo geral, já não iam bem.

Então, numa noite de São João, envolveu-se num entrevero menor, ali mesmo, na favela. A coisa nem foi diretamente com ele, Seu José apenas tomou as dores da filha de um conhecido, não era nem um grande amigo.

A menina estava sendo incomodada por um rapaz que Seu José não reconheceu, não parecia ser dali. O irmão da menina reclamou, mas ele era bem menor do que o rapaz, que começou a lhe bater.

A menina mais tarde contaria que Seu José entrou na briga primeiro tentando apartar, mas o visitante puxou a navalha e abriu um enorme corte no pescoço de Seu José.

A polícia tratou o assunto exatamente como aquilo que ele era, apenas mais um negro morto numa favela no Rio de Janeiro. Não houve qualquer esforço para encontrar o assassino, que nunca foi identificado.

Seu José acabara de completar 37 anos.

"Eu tinha 16", disse Joaquim.

Então, tirou do pulso o relógio simples que ele sempre usava. A pulseira estava gasta, mas parecia ser de um couro bom. Mostrou-o a Das Dores.

"No dia em que eu fiz 14 anos, ele me deu este relógio. Ele me pediu desculpas por não ter dinheiro para me dar um presente bom. Disse que o relógio era velho, mas funcionava."

A voz dele embargou, emocionando Maria Das Dores que, mesmo antes disso, já chorava baixinho. Deixou passar uns minutos.

"José", disse ela, contendo o soluço. "Vai ser José o nome, se for menino. Luisinho foi pelo meu pai. José vai ser pelo seu."

Ambos ficaram novamente em silêncio por alguns minutos. Até que Joaquim falou, ainda emocionado e disposto a encurtar o resto da história.

"Minha mãe morreu junto. Quer dizer, ainda viveu mais uns dois anos, mas virou um trapo. Não se animou nem com o nascimento do Quinzinho, de quem ela dizia que ia cuidar.

E cuidou, mas por pouco tempo. Largou o grupo de teatro, a coisa que ela dizia que era a que mais gostava. Começou a beber. Eu nunca tinha visto minha mãe beber."

Novo silêncio, desta vez quebrado por Maria das Dores.

"Ela morreu de desgosto, Joaquim?"

Meses depois, Maria das Dores teve outro parto fácil, e era outro menino.

José Menezes Gomes veio ao mundo forte e saudável, como acontecera com Luisinho, pouco mais de dois anos antes. Era muito mais escuro do que o irmão, a essa altura todos já supunham que o pai de Luisinho havia de ser branco. Ninguém nunca perguntara, nem Joaquim, o que deixava Maria das Dores particularmente impressionada.

"Um dia eu conto tudo a ele", pensava ela, "um dia eu conto tudo."

Mas o dia não chegava.

Todos estavam contentes no dia do batizado, ao qual Filomena e Dona Chiquinha compareceram na companhia de Dona Isadora, escolhida para ser a madrinha. Quem batizou o menino foi o Padre Helder, um velho amigo dos pais de Joaquim.

A vida seguia, Maria das Dores desdobrando-se nos cuidados com os filhos e no trabalho com Dona Isadora, ambos em tempo integral, mas feliz da vida. Joaquim agora não era mais auxiliar, era pedreiro, seu salário aumentara.

"Vamos sair daqui", disse Joaquim, falando da casinha que vira para alugar.

Era minúscula, também ficava em Vila Isabel, como a pensão de Dona Isadora, e tinha endereço com rua e número, quer dizer, não era favela.

"Mas dá, Joaquim?"

"Se você continuar trabalhando para a Dona Isadora, dá. Só que, agora, com a gente não morando e não comendo aqui, ela vai ter de pagar. Ela depende de você pra tudo, não vai negar."

Dependia mesmo, e não negou.

Pela primeira vez, Maria das Dores começou a achar que as coisas se encaixavam. Vieram-lhe ideias. Voltaria a Belo Horizonte com Joaquim e os filhos para visitar os pais, queria revê-los, queria rever Elza, agora sentia segurança para contar tudo.

Mas a vida não parava e ela engravidou de novo.

"Se for outro menino, desta vez, vai ser André."

"André? Por causa de quem?"

"De ninguém, respondeu Joaquim. Quer dizer, ninguém da minha ou da sua família. É por causa do André Rebouças. A gente está estudando a vida dele, lá no teatro."

Joaquim frequentava o TEN, o mesmo grupo de teatro do qual seus pais haviam participado no passado. Extremamente tímido, ainda não fizera parte de qualquer montagem. E não ligava, até preferia quando o tempo que passava nas reuniões do grupo era preenchido com a solução de problemas práticos – todo mundo já percebera como ele era bom para resolvê-los –, como a realização de pequenos consertos, a montagens de cenários ou envolvido em questões de iluminação. Mas não perdia as reuniões de estudo.

Contou a Maria das Dores sobre André Rebouças, o engenheiro negro que resolveu problemas que ninguém conseguira solucionar, no Rio de Janeiro, no Paraná, que ajudou o Brasil a vencer a Guerra do Paraguai com invenções como a de um torpedo que foi testado e funcionou, e que era abolicionista.

No TEN, Joaquim estudara outros negros que admirava, como Machado de Assis e José do Patrocínio, mas Machado se chamava Joaquim, como ele e o sobrinho, e o primeiro filho deles já se chamava José. De fato, ainda que involuntariamente – não fora certamente a intenção de Maria das Dores –, Luisinho também era uma referência a Luís Gama, talvez o maior abolicionista do Brasil, que também fora estudado pelo grupo e que Joaquim também admirava. Então, chegara a vez de um André.

Alguns meses depois, nasceu André Menezes Gomes, que veio ao mundo tão forte e saudável quanto os irmãos.

Prepararam-se para o batismo. Filomena, Dona Chiquinha e Dona Isadora estariam presentes. A madrinha, desta vez, seria a irmã de Joaquim, Rosália.

"Será que o Padre Helder pode fazer o batizado, Joaquim? Ele anda tão ocupado que parece impossível até de encontrar."

"Sim, já falei com ele. Só que, agora, não é mais Padre Helder. Ele virou bispo, acredita? Agora, tem de chamar de Dom. É Dom Helder. Dom Helder Câmara."

Capítulo 6

Um incidente

Na cama, sem conseguir dormir e sem saber o que o destino lhe reservaria à frente, Maria das Dores pensava que aquele era o segundo pior dia de sua vida.

A seu lado, Joaquim também não dormia, estava agitado, mexia-se, virava-se de um lado para o outro.

Tudo começou quando Dona Isadora deixou claro que Das Dores não podia levar os três filhos ao trabalho.

"Você pode trazer o bebê, mas não os outros."

"E como eu faço?"

Dona Isadora não respondeu.

Das Dores estava surpresa e confusa. Quando voltou ao trabalho depois de uma semana do nascimento de André, levou os três filhos com ela. Achou que era a coisa natural a fazer, levara os outros dois até o último dia em que trabalhara, na véspera do parto. Era assim que fazia desde que ela e Joaquim se mudaram para a casinha que ele alugara. Era uma casinha boa, um progresso para a família, mas Vila Isabel era longe, o dia era curto para levar as crianças até Filomena pela manhã, no Estácio, trabalhar, buscá-las no fim do dia e voltar pra casa.

É fato que Das Dores vinha notando que Dona Isadora demonstrava crescente irritação com os meninos. Reclamava que eles comiam muito no almoço — refeição que era descontada do salário de Maria das Dores. Mesmo assim, reclamava.

Das Dores não entendia a razão. Seus filhos passavam quase o dia todo no quintal, brincando no chão arenoso, sob as bananeiras. Eram crianças espertas, raramente se machucavam e não choravam. Não prejudicavam o trabalho de Das Dores, bastando que de tempos em tempos a mãe fosse ter com os filhos por alguns minutos.

"É assim, Das Dores, ou não tem mais trabalho", sentenciou Dona Isadora.

Levou o assunto a Joaquim, embora presumisse que a solução que ele proporia seria a que ela queria evitar.

Estava certa, e não a evitou.

"Foi assim comigo e com Rosália, a gente se acostumou. É como os outros fazem. Que jeito?"

No dia seguinte, Das Dores alimentou Luisinho e José pela manhã e, então, antes de sair, amarrou-os ambos ao pé da cama. Deixou alguma comida nas proximidades, mas só voltaria a ver os filhos quando voltasse à casa, no fim do dia. Manteve a prática nos dias seguintes. Sentia uma culpa imensa, mas, "que remédio?", pensava. E a vida continuava.

Depois de algumas semanas, passou a estranhar algo. José, que não era de chorar, agora chorava muito, estava sempre aos berros quando ela chegava. Ela perguntava, mas José nada dizia, só chorava. Perguntou a Luisinho. Nada, também. Eventualmente, notou pequenos machucados no filho mais novo, uma mancha na perna, uma ferida. Ela os atribuía ao acaso, crianças brincam e se machucam.

Até que aconteceu. Voltou para casa um pouco mais cedo, entrou sem fazer ruídos, não foi de propósito — ou terá sido? André dormia em seus braços.

Quando Luisinho percebeu a presença da mãe, levantou-se logo, mas não a tempo de evitar que ela o visse sentado sobre a cabeça do irmão. José estava desacordado. Como Das Dores veria mais tarde, trazia muitas marcas pelo corpo.

Das Dores desesperou-se. Pegou José no colo, sacudiu-o, falou baixinho com ele, suspirou de alívio quando o filho deu um pequeno gemido que Das Dores recebeu com um "graças a Deus".

Luisinho pediu para ser solto, ela deu um grito, Luisinho assustou-se e calou-se retraído, nem foi uma palavra, só um grito, e ele foi dado no exato instante em que Joaquim abria a porta e entrava em casa.

Encontrou a mulher desnorteada. Ela tinha José no colo, Luisinho estava preso ao pé da cama e André berrava no bercinho.

"Você não tinha teatro?"

Joaquim não respondeu imediatamente, surpreso com a cena que presenciava. Ao cabo de alguns segundos, disse apenas,

"Cancelaram."

Joaquim pegou André no colo, acalmou o filho. Olhava para Das Dores sem entender, sabia que a mulher estava nervosa e precisava de um tempo, em algum momento lhe explicaria. De fato, aos poucos, ela o fez.

"Só pode ter sido ele, Joaquim, estava tudo fechado, ninguém entrou aqui. Olha o estado do José, olha essas marcas."

Joaquim ouvia calado o relato da mulher, o sangue lhe esquentando o rosto. Ela concluiu com esta frase: "Quando cheguei em casa, ele estava sentado na cabeça do José."

Não importava quanto tempo vivesse, Das Dores jamais se esqueceria do que se seguiu. Em movimentos rápidos, bruscos, Joaquim recolocou André no berço, o bebê voltou a chorar imediatamente. Então, foi na direção de Luisinho, que se encolheu e começou a berrar antes mesmo de levar o primeiro tapa.

Joaquim jamais tocara em qualquer um dos três filhos. Três, sim, como ele mesmo dizia, pois acolhera Luisinho como filho quando aceitara Das Dores por companheira. O filho era dele, como os outros dois. Ainda que fosse quase branco.

Se nunca perguntara nada a Das Dores era porque, na verdade, sabia tudo, ele conhecia tantas histórias iguais, bastava somar dois mais dois.

A menina de 13 anos que chegara grávida no Rio de Janeiro, as referências sempre positivas que ela fazia à família, inclusive ao pai, o silêncio absoluto a respeito da história de Luisinho...

Das Dores fora estuprada, ele tinha certeza. O resto eram detalhes que ela contaria a seu tempo.

Mas tudo mudou naquele dia, naquele instante, ao cabo do relato de Maria das Dores, que se assustou.

"Chega, Joaquim, já está bom."

Joaquim não parou, Luisinho e André aos berros, José gemendo baixinho, agora Maria das Dores gritava.

"Para, Joaquim, para!"

Joaquim continuava, ofegante, confuso ao perceber que, a partir de um determinado momento, já não sabia em quem batia, ou o motivo, batia no que tinha de supor, no que não sabia, numa cor, no sujeito que puxou a navalha, na cuspida de álcool e sangue, e percebeu, assustado, que gostava de bater.

Parou quando, aos gritos, Maria das Dores, segurando José com um dos braços, agarrou-se a ele com o outro.

Fez-se um grande silêncio, nem o bebê chorava mais. Aos poucos, as coisas foram se acalmando.

Mais tarde, Maria das Dores deu de comer aos filhos e os pôs para dormir.

Ela e Joaquim também comeram algo, observavam José, que foi se recuperando e, no dia seguinte, acordaria bem.

Antes de ir para a cama, onde passariam a noite acordados, lembraram-se de que ambos teriam trabalho no dia seguinte.

"Você amarra os dois bem longe um do outro", disse Joaquim.

Poucos dias depois do segundo pior dia de sua vida, numa terça-feira pela manhã, Maria das Dores trabalhava na pensão de Dona Isadora quando ouviu no rádio as trombetas estridentes do Repórter Esso.

Era a vinheta inconfundível de notícia extraordinária. Era importante.

Dona Isadora ligava o rádio da pensão assim que acordava e só o desligava quando se recolhia, à noite, para dormir. Das Dores achava bom, gostava das músicas e dos programas da Rádio Nacional, ela nem sabia que havia outras. Trabalhava o dia todo embalada por eles e ficava triste de não ter um rádio em casa para continuar acompanhando a programação noturna, que ela conhecera à época em que morava no quartinho da pensão com Joaquim e Luisinho.

Não tinha qualquer interesse por notícias em geral, muito menos por política. Joaquim, sim. Ele lia jornal, acompanhava os fatos, conhecia os principais políticos e tinha opiniões sobre tudo. Gostava de apresentá-las a Das Dores, discutir com ela. Nessas ocasiões, Das Dores lutava para não demonstrar o tédio, esforçava-se para parecer interessada, tentava até fazer alguma pergunta, só tomando cuidado para não irritar Joaquim. Às vezes, não funcionava.

"Mas eu acabei de falar justamente isso, Das Dores."

Aprendeu que era melhor não tentar se explicar, quase sempre piorava as coisas. Então, calava-se e aguardava, ciente de que Joaquim logo retomaria o fio. E ele sempre retomava.

Ela sabia que sabia pouco, e sabia também que Joaquim ficaria feliz se ela soubesse mais, se interessasse mais. Mas, era instintivo, impossível lutar contra. Até as propagandas ela acompanhava e se divertia com elas, mas era começar as notícias e ela se desligava, perdia o foco, ia ver se estava tudo bem com André.

Aprendera, todavia, a respeitar os avisos de eventos extraordinários, até para não destoar do ritual que a vinheta provocava. Era ouvi-la e as pessoas, todas elas, meio que congelavam.

A faxineira continha a vassoura, apoiava-se nela e se aprumava atenta; o velho com o café na mão parava de mexê-lo, olhando para o rádio; Dona Isadora emudecia e apressava-se a aumentar o volume. Então, ela fazia igual.

Parava o que estava fazendo e, com ar solene, olhava na direção do rádio.

Naquele dia, não fora diferente. Ao término das trombetas, ouviu a voz inconfundível do principal locutor de notícias da Rádio Nacional, Heron Domingues.

Amigos ouvintes, aqui fala o Repórter Esso, testemunha ocular da história. E atenção. Acaba de suicidar-se, em seus aposentos, no Palácio do Catete, o Presidente Getúlio Vargas.

Seguiu-se um "ohhh" feito por todos. Dona Isadora levou as mãos à boca e soltou um "meu Deus" e nada mais. Silêncio absoluto. Prostração geral. Minutos mais tarde, o mesmo locutor leria a "Carta Testamento".

Mais uma vez as forças e os interesses contra o povo coordenaram-se...

Todos ouviam atentos e mantinham o silêncio, ninguém dizia nada, ninguém se movia. Heron concluiu a leitura.

... Agora vos ofereço a minha morte. Nada receio. Serenamente dou o primeiro passo no caminho da eternidade e saio da vida para entrar na História.

O locutor pausou e a rádio manteve silêncio por alguns segundos.

Aí, a choradeira foi geral.

Das Dores chorava junto, um pouco porque sabia que Joaquim gostava de Getúlio, um pouco porque é impossível não chorar num lugar em que todos estão chorando, e muito porque a notícia a remetera a seu pai, Seu Luís, que saudades do Seu Luís, que saudades de ouvi-lo dizer, apontando para ela:

"Essa aqui nasceu no dia em que o Dr. Getúlio foi eleito presidente."

O suicídio de Getúlio Vargas e sua carta-testamento abalaram o país. Morto, o presidente saiu das cordas em que se encontrava e jogou nelas todos os seus principais adversários. Um deles foi o político e jornalista Carlos Lacerda, proprietário do jornal *Tribuna da Imprensa*. Lacerda era um visceral opositor a Getúlio, a quem acusava de responsável pelo "mar de lama" da corrupção que assolava o país. Fazia discursos inflamados, exigia a renúncia e até a prisão do presidente.

Dias antes do suicídio, Lacerda fora vítima de um atentado, do qual saiu apenas ferido no pé. Contudo, o episódio resultara na morte do major-aviador Rubens Vaz, que fazia parte de um grupo de oficiais da Aeronáutica que acompanhavam Lacerda em seus comícios, prestando-lhe segurança. Eram simpatizantes das posições do político, que era candidato a deputado federal e fora várias vezes ameaçado de morte. Lacerda acusou Getúlio de ser o mandante da tentativa de seu assassinato. O revólver que Lacerda portava por ocasião do atentado, e que ele mesmo reconheceu que disparou contra seus agressores, jamais foi periciado. Talvez por isso, talvez pela comoção que o gesto de Getúlio despertou na população, desenvolveu-se — e popularizou-se — a tese, nunca comprovada, de que o ferimento no pé de Lacerda fora provocado por ele mesmo.

"E o Lacerda, o que disse?"

Maria das Dores dirigia a pergunta a Joaquim à noite, em casa, ouvindo o companheiro devastado contar-lhe tudo o que sabia sobre o suicídio.

"Sumiu", respondeu Joaquim. "Ninguém sabe, ninguém viu."

Após o suicídio, Lacerda exilou-se. Antes disso, entretanto, desapareceu completamente, ninguém descobria onde estava. Anos mais tarde, o futuro Presidente João Goulart não perderia ocasião pública de humilhá-lo, fomentando o boato de que Lacerda encontrara proteção junto a militares da Aeronáutica que o esconderam dentro de uma caixa d'água.

Capítulo 7
Dom Helder

Mesmo depois de promovido a bispo, Dom Helder fazia questão de manter a frequência semanal de contato com aquele grupo de cerca de trinta pessoas humildes que ele constituiu aos poucos, desde que foi transferido para o Rio de Janeiro. Só cancelava se fosse absolutamente impossível. Essas reuniões eram-lhe úteis em diversos sentidos. Em primeiro lugar, ele as via como uma forma de manter seu voto de pregação da fé católica. Em segundo, entendia ser essa uma via de duas mãos, pois a prática lhe valia a contínua renovação da sua fé pessoal. Também dava a Dom Helder conhecer a evolução das principais necessidades espirituais, físicas, individuais e coletivas de seu rebanho. Finalmente, facultava-lhe uma percepção da reação popular a fatos e eventos políticos. Era a partir dela que Dom Helder norteava as posições que assumia em suas diversas esferas de atuação.

O bispo conhecia pessoalmente cada membro do grupo. Havia participantes cujo matrimônio ele promovera, aqueles que ele batizara. Como tudo começara havia quase vinte anos, muitos participantes agora compunham o grupo na condição de herdeiros de membros originais. Era o caso de Joaquim, que herdara de José e Rosa o assento que agora ocupava na companhia de Maria das Dores.

Como outros casais, ambos compareciam às reuniões na companhia dos filhos. Dom Helder incentivava e gostava da presença das crianças, ainda que muitas delas houvesse e isso, via de regra, tornasse as reuniões meio caóticas.

Mas não havia caos na reunião do grupo naquela tarde de sábado.

Dom Helder a iniciou com uma oração pela alma do presidente Getúlio Vargas, morto havia cerca de duas semanas, e isso foi suficiente para que lágrimas viessem aos olhos de muitos dos presentes, alguns choravam copiosamente. Mais caladas e menos agitadas do que normalmente, as crianças pareciam compreender, solidárias.

Depois de orar e pedir por Getúlio, cuidando de sempre falar no "presidente morto", o "presidente que nos deixara", sem jamais sequer se aproximar da palavra suicídio, Dom Helder deu por encerrada essa fase da reunião.

Lembrou aos presentes que Deus queria que a dor da perda, qualquer dor, de qualquer perda, fosse aceita com resignação e serenidade, sem questionamentos aos misteriosos caminhos do Senhor. Disse ainda que a vida continuava e era isso que Deus esperava de seus filhos, que continuassem a sua vida.

Então, mudando o tom da voz, como quem tenta injetar ânimo em seus interlocutores, disse que tinha boas notícias.

Dali a menos de um ano, o Rio de Janeiro receberia o XXXVI Congresso Eucarístico Internacional, o segundo a ser realizado depois do término da guerra — o primeiro ocorrera em Barcelona, na Espanha, em 1952. Aquele seria um evento de grandes proporções. Ou melhor, enormes, gigantescas, colossais, monumentais proporções. Falava-se que centenas de milhares de pessoas viriam de todo o Brasil e de fora dele, um desafio para a Capital Federal, que ainda não completara três milhões de habitantes.

Dom Helder estava pessoalmente envolvido na organização havia mais de um ano, quando o projeto de realização do evento na Capital Federal do país foi levado a Getúlio. O presidente reagiu com entusiasmo, encaminhou ao Congresso um pedido orçamentário excepcional destinado à realização do evento e empenhou-se na sua rápida aprovação.

E quais eram as boas notícias? As de que, mesmo nesse curtíssimo espaço de pouco mais de duas semanas desde "a morte" de Getúlio, Dom Helder já tivera oportunidade de reunir-se com o novo presidente, Café Filho, que se comprometeu a empenhar-se pelo evento tanto ou mais do que o próprio presidente falecido.

Realizado no Rio de Janeiro entre 17 e 24 de julho de 1955, o XXXVI Congresso Eucarístico Internacional seria um evento repleto de superlativos que marcaria a história da então Capital Federal e deixaria diversos legados, inclusive urbanísticos.

Na fase de preparação, nos dois anos que antecederam o encontro, milhares de operários — Joaquim era um deles — trabalharam no desmonte do Morro de Santo Antônio, cujo material foi integralmente empregado no aterro que abrigaria a esplanada onde se realizaria o evento.

Ao fundo, à beira-mar, levantou-se um Altar-Monumento decorado por uma gigantesca vela náutica que aludia à chegada dos portugueses — e, portanto, do Cristianismo — ao Brasil. Ao seu lado, um círio monumental ardeu durante todos os dias do evento.

A imprensa carioca o descreveu como "*a maior, a mais imponente das assembleias desse gênero já efetuadas em todo o orbe católico*", e ilustrou sua grandeza com dados como este: "*Para acomodação dos fiéis, fizeram-se bancos cuja extensão daria uma fila de 96 quilômetros de comprimento*".

Na abertura do Congresso, no dia 17, uma imagem de Nossa Senhora Aparecida foi levada em procissão que saiu da Estrada de Ferro Central do Brasil, primeiro lugar do Rio de Janeiro que Maria das Dores conheceu, e dirigiu-se à praça do Congresso. O cortejo foi acompanhado por um número estimado em um milhão de pessoas. Joaquim, Maria das Dores e os filhos estavam entre elas.

A pintura tem uma força expressiva diante da qual é difícil não se comover. Seu centro focal, que ocupa quase toda a tela, retrata a figura de um homem crucificado. O homem é negro, muito magro, tem o peito nu e uma expressão de abandono e sofrimento no rosto que está parcialmente tombado. Ele tem os olhos cerrados. Ao pé da cruz, a seu lado, quase totalmente coberta por um manto azul, uma mulher também negra parece chorar. Uma favela de morros repletos de barracos sob um céu de pinceladas nervosas, agressivas, compõe o pano de fundo. Na parte de baixo da pintura, duas figuras se destacam em primeiro plano. Uma delas, que ocupa todo o canto inferior esquerdo, é a de um policial fardado. Em seu capacete destacam-se as letras PMDF, Polícia Militar do Distrito Federal. Postado à frente do pé da cruz, ele tem os olhos voltados para o observador do quadro e ares de segurança que zela o martírio do crucificado. No canto inferior oposto há um outro homem, este de costas, igualmente fardado, possivelmente cumprindo papel semelhante ao do primeiro. Os dois homens também são negros.

O óleo sobre tela que Otávio Araújo chamou de "Cristo Favelado" não venceu o Concurso de Artes Plásticas sobre o tema do "Cristo Negro", que ocorreu paralelamente ao congresso eucarístico, mas foi a obra que mais chamou a atenção do Bispo Dom Helder Câmara, Secretário-Geral do congresso e um de seus principais organizadores.

Joaquim não precisaria ter ouvido isso diretamente do bispo, como ouviu, teria bastado observar a reação de Dom Helder quando viu a pintura. O bispo parou por alguns instantes diante dela e, então, lentamente, levou as duas mãos à boca. Seus olhos marejaram.

Joaquim acompanhava Dom Helder na visita ao Palácio Capanema, que abrigava a exposição das 52 obras selecionadas dentre as cerca de 100 inscritas no concurso. Dom Helder convidou-o pessoalmente para acompanhá-lo à visita, mas, ao contrário do que Joaquim havia suposto, não estavam apenas os dois. Seu amigo era o anfitrião de diversas autoridades eclesiásticas que estavam no Rio para acompanhar o Congresso Eucarístico. Dom Helder ia apresentando as obras aos estrangeiros, com quem conversava em diferentes línguas. Intimidado, Joaquim deixava-se ficar para trás, afastando-se dos demais, mas Dom Helder notava e não permitia, chamava-o, pedia um esclarecimento, queria sua opinião.

Joaquim acompanhara todas as reuniões do grupo do Teatro Experimental do Negro em que Abdias Nascimento e Guerreiro Ramos haviam concebido o concurso. Acompanhara também a indignação de ambos com a reação da sociedade carioca, exteriorizada com clareza pela imprensa. Guerreiro Ramos leu em voz alta, para todos os membros do grupo, o texto publicado no *Jornal do Brasil* sobre o Concurso do Cristo Negro:

Essa exposição que se anuncia deveria ser proibida como altamente subversiva. Tal acontecimento, realizado às vésperas do Congresso Eucarístico, foi preparado adrede para servir de pedra de escândalo e motivo de repulsa. O nosso descontrole moral, a nossa grande falta de respeito e de bom gosto, o nosso triste estado d'alma, não podem ser dados em espetáculo aos que nos visitam. Damos aqui o brado de alarma. As autoridades eclesiásticas devem, quanto antes, tomar providências para impedir a realização desse atentado feito à Religião e às Artes.

O *Jornal do Brasil* não estava sozinho. A *Tribuna da Imprensa*, de Carlos Lacerda, também havia publicado matéria acusando o evento de promover o "racismo às avessas".

Dom Helder não se fez de rogado. Hipotecou publicamente seu apoio ao concurso, ajudando a fazer dele o sucesso em que ele se converteu e que o bispo coroava com a visita que fazia ao Palácio Capanema na companhia de grandes autoridades eclesiásticas.

E de Joaquim.

Este, achava Dom Helder um bom homem, tinha orgulho da proximidade com ele e respeitava a fé do amigo, embora sem muito entusiasmo e em boa parte por consideração ao legado recebido dos pais. A verdade, contudo, é que seu real interesse em todo esse monumental evento estava concentrado na iniciativa do TEN e na realização do Concurso do Cristo Negro. Compreendia e apreciava a grandeza do gesto de Dom Helder, que havia encontrado tempo, em meio a tanta agitação, para comparecer à mostra e ainda se fazer acompanhar de autoridades eclesiásticas do Brasil e do exterior. Joaquim sentia-se grato e estava feliz.

Dom Helder, também.

Terminado o Congresso, Dom Helder reuniu-se novamente com seu grupo. O bispo irradiava satisfação. Agradeceu a todos pela participação e pelo empenho, esforçou-se para expressar seu reconhecimento de que todos tinham dado alguma forma de contribuição.

Elogiou o discurso de abertura do Presidente Café Filho e, bem-humorado, contou diversos casos engraçados ocorridos durante o Congresso.

Então, contou a eles que no dia do encerramento do Congresso, naquele clima de alívio e satisfação comum após a conclusão das grandes empreitadas bem-sucedidas, o Cardeal francês Gerlier, um homem idoso e muito respeitado que acompanhara Dom Helder — e Joaquim — na visita à exposição Cristo Negro, procurou pelo bispo brasileiro e lhe disse:

"Permita-me falar como um irmão, um irmão em Cristo. Você não acha que é irritante todo este fausto religioso em uma cidade rodeada de favelas? Eu tenho uma certa prática em organização e, por ter participado deste congresso, devo dizer-lhe que você tem um talento excepcional de organizador. Quero que faça uma reflexão: por que, querido irmão Dom Helder, não coloca todo esse seu talento de organizador que o Senhor lhe deu a serviço dos pobres?"

Dom Helder contou aos membros de seu grupo que tomara as palavras do Cardeal como "um momento de virada" em sua vida.

Discordou que tivesse algum tipo de talento excepcional para organizar o que quer que fosse, mas disse que estava disposto a colocar qualquer dom que tivesse "a serviço dos pobres". Para isso, ele precisava saber como poderia ajudar mais, quais as necessidades mais prementes. Portanto, queria ouvi-los.

Anos mais tarde, ele admitiria que fora nessa reunião, ao ouvir o que lhe diziam os membros de seu querido grupo, que se decidiu por engajar-se no programa de habitação popular e erradicação de favelas que viria a ser conhecido como "Cruzada São Sebastião".

Por causa dele, Dom Helder sofreria diversas represálias, que incluiriam ameaças anônimas de morte. Ele nunca acusou ninguém, mas tinha certeza de que elas partiam de moradores do Leblon, onde os primeiros prédios seriam erguidos. Ouvira muitas vezes que eles não desejavam "aqueles negros" morando perto de suas casas.

Capítulo 8
A mineirinha

Finalmente, Joaquim e Maria das Dores tiveram a conversa que sempre souberam que um dia teriam. Joaquim apenas aguardava, a iniciativa teria de vir de Maria das Dores. E assim foi. Mas a conversa não se deu por uma decisão serena de sua companheira, um amadurecimento do tipo "é chegada a hora", mas precipitada em consequência das crescentes explosões de violência de Luisinho. A última delas explicitava a necessidade de algum tipo de ação.

Na saída da escola, o menino havia se envolvido numa discussão que se transformou numa pancadaria da qual ele voltou para casa com um dente a menos e um dedo quebrado. Outro garoto ficou pior, foi parar no hospital. Os depoimentos dos colegas apontavam unanimemente para Luisinho como o protagonista da mudança da disputa verbal em briga.

Em casa, Luisinho precisou apanhar de Maria das Dores até que finalmente dissesse apenas:

"Ele disse que o pai não é meu pai."

Maria das Dores sentiu-se petrificar. Ficou ali, congelada, olhando para o filho.

Ela notara antes e se penitenciava, pois nada fizera ou, como achava agora, fizera mal feito.

"Porque sim", respondeu na única vez em que Luisinho lhe perguntou o motivo do sobrenome dele ser diferente daquele dos irmãos.

Houve também pequenos gestos que ela preferiu ignorar, observações monossilábicas, um olhar, um desviar de olhar, fato é que ela havia notado que Luisinho já via o óbvio, não importava se ele mesmo compreendia o que via.

O menino quase branco numa família em que todos os outros eram negros intuía que não era exatamente um deles, não podia ser um deles. Se Luisinho tivesse bem mais do que os 10 anos que ainda não completara, talvez articulasse sua angústia na frase que, mais cedo ou mais tarde, assombra a mente de quase qualquer ser humano: "Quem sou eu?".

Maria das Dores pôs as crianças para dormir e disse a Joaquim que queria conversar. Ele estranhou. As iniciativas de conversa eram sempre suas, era ele que falava. Apoiando os braços cruzados sobre a mesa, disse apenas: "Claro". E calou-se.

Foi tudo diferente do que Das Dores imaginara.

Olhando Joaquim diretamente nos olhos, e não para o chão, ela contou tudo pausadamente, com uma precisão e detalhes de memória que surpreendiam a ela mesma, enquanto desenvolvia sua narrativa. Falava baixo, e empregava um tom de voz que não lhe era usual, mas a voz não tremia, e ela não chorava. Joaquim não a interrompeu. As coisas iam se encaixando aos poucos. Ele sabia dos pais e dos irmãos de Maria das Dores, que se referia a Elza com um carinho e uma frequência que sugeririam a um desavisado tratar-se de uma vizinha querida. Mas nunca soube que era Das Dores que fazia as compras, que havia uma padaria perto do Barro Preto, em Belo Horizonte, e que seu dono era um português chamado Manuel.

Quando Maria das Dores calou-se, Joaquim esperou alguns minutos até se convencer de que ela encerrara seu relato. Não estava exatamente surpreso, a não ser pela sordidez de alguns detalhes que lhe esquentaram o sangue, mas ele se controlara.

Pensava agora no que deveria fazer, dizer, e surpreendeu-se ao perceber que sabia. De fato, tinha as respostas prontas, pois as aprendera, sem saber que aprendia, nas reuniões do grupo de teatro. Participara de diversos exercícios, laboratórios, ouvira relatos semelhantes, alguns piores, não sabia se eram ficção ou realidade, mas não importava. Importantes eram as discussões que se seguiam, as interpretações dos fatos, as lições de como lidar com eles, que ele ouvia e, não podia imaginar, o preparariam para aquele momento.

Calado, buscou as mãos de Maria das Dores, que mantinha os olhos fixos nos dele. Trouxe-a para perto de si. Ela aproximou a cadeira e ajeitou-se nele, que a abraçou.

"Vai ficar tudo bem, Das Dores, vamos conversar com Luisinho, ele vai compreender aos poucos."

Fez uma pausa.

"Vai dar tudo certo, minha Mineirinha."

Então, a represa de Maria das Dores cedeu.

Joaquim era um homem bom, ela sempre soube que ele era um homem bom. Calmo, sereno, um companheiro com quem Maria das Dores sentia que podia dividir ansiedades e temores, que a amparava e, ao mesmo tempo, pedia amparo, sem receio de expor suas próprias fragilidades. Paradoxalmente, contudo, o Joaquim que se desinibia para falar sobre fatos, notícias e política era contido e retraído em praticamente qualquer outro tema. Como o sentimental, por exemplo. Em todos esses anos, ele nunca lhe dera um apelido carinhoso. Agora, o fazia.

Maria das Dores caiu num pranto que durou muitos minutos, soluçava alto, não conseguia se controlar, temeu acordar as crianças.

Abraçado a ela, Joaquim apenas repetia baixinho:

"Calma, vai ficar tudo bem."

"Mineirinha, fala que vai ficar tudo bem, minha Mineirinha", Das Dores pensava, mas não dizia. Continuava chorando e pedia desculpas, pedia perdão, sem ouvir o que dizia ou compreender por que o fazia.

Quando finalmente conseguiu controlar-se e parou de soluçar, Maria das Dores sabia exatamente como se sentia. Sentia-se redimida. Ela ouvira muitas vezes o então Padre Helder, seu confessor, empregar esta palavra para descrever como uma pessoa saía de uma confissão.

"Redimida."

O padre dizia também que uma alternativa para descrever esse sentimento era "em estado de graça", e que as duas coisas significavam algo semelhante a um grande alívio, um peso removido dos ombros. A verdade, entretanto, é que ela nunca sentira nada parecido. Bem, também é verdade que ela jamais contara ao Padre Helder, mesmo em confissão, o que acabara de contar a Joaquim. Mas, agora, ela compreendia. E compreendia também o que disparara aquele sentimento de graça, de leveza, de alívio. Não fora nada parecido com uma penitência, algo como tantos Pai-Nossos e sei lá quantas Ave-Marias. Fora o Mineirinha. Ouvir-se chamada de Mineirinha, minha Mineirinha. Ela era a Mineirinha de Joaquim. Sua redenção fora alcançada no apelido carinhoso empregado pela primeira vez pelo companheiro.

O que Maria das Dores não poderia supor é que aquela primeira vez também seria a única.

Dom Helder visitava as obras da Cruzada São Sebastião, no Leblon. Os trabalhos evoluíam rapidamente, nunca eram interrompidos, o ritmo era de 24 horas por dia. O bispo estava seguro de que entregaria as chaves aos primeiros moradores ainda naquele ano.

"Vai ser antes da primavera", dizia aos presentes na reunião do seu grupo.

Sorridente, equilibrando um capacete sobre a cabeça pequena, Dom Helder observava tudo, demonstrava interesse, fazia perguntas e recebia as explicações do mestre de obras que o acompanhava.

Foram interrompidos por três operários que haviam tomado conhecimento da presença de Dom Helder na obra e buscavam pelo bispo aos berros. Alertado pelo alarido, Dom Helder os recebeu e ouviu deles que Joaquim acabara de ser baleado. Os operários foram comunicá-lo da tragédia justamente porque viram o bispo entrando na construção e sabiam da sua proximidade com Joaquim.

O barulho da obra era infernal e todos falavam ao mesmo tempo, Dom Helder não conseguia entender exatamente o que tinha ocorrido. "Joaquim?", "como ele está?", "onde está?", "baleado por quê?", "baleado por quem?", fazia as perguntas enquanto caminhavam, céleres, ao local em que o tiro ocorrera. Ouvia mais de uma resposta ao mesmo tempo, confundia-se e apressava o passo.

Quando chegou, estarreceu-se e caiu de joelhos diante da cena que reproduzia o "Cristo Favelado" de Otávio Araújo.

O corpo de Joaquim estava prostrado no chão, tinha os braços abertos, como se crucificado. Em pé, à sua frente, um policial fardado em cujo capacete destacavam-se as letras PMDF, Polícia Militar do Distrito Federal, tinha os olhos voltados para o bispo e ares de segurança que zelava o martírio do crucificado. No canto oposto havia um outro homem, este de costas, igualmente fardado, que anotava algo numa caderneta. Os dois homens também eram negros.

Sob a cabeça de Joaquim, desfigurada por uma mancha preta e vermelha que lhe pegava a testa e um olho, havia uma mancha de sangue enegrecido.

Dom Helder Câmara não precisou que lhe dissessem que seu amigo estava morto.

Nem naquele momento, nem muito tempo depois, nada foi completamente esclarecido. Mesmo em estado de desespero, Dom Helder logo percebeu que não teria respostas às perguntas que fazia. E ele perguntava tudo a todos, a qualquer um, ao mesmo tempo, e ouvia "não sei", "não vi", "não", "eu não estava aqui", tudo sob o olhar dos policiais calados e muito atentos. O máximo que conseguiu saber foi que Joaquim nada tinha a ver com o tiroteio do qual fora vítima sem jamais ter sido alvo. A coisa toda estava relacionada a uma tentativa de furto de um veículo.

"Nós surpreendemos os meliantes e eles fugiram atirando", disse um dos policiais.

"O tiro que pegou o moço foi de um deles", disse o outro.

O moço era Joaquim, culpado por ser a pessoa errada, no local errado, na hora errada.

Sabendo que não conseguiria mais informações – Dom Helder já antecipava a conclusão do inquérito policial, se é que haveria um inquérito policial — mudou o foco de seu pensamento. Levando as mãos à boca, falou baixinho, para si mesmo:

"Maria das Dores..."

Olhou o relógio. A noite caía, em pouco tempo ela estaria em casa. Viu um táxi, não titubeou, parou-o.

"Vamos a Vila Isabel."

O trajeto levou mais de uma hora. Das Dores atendeu a campainha segurando André no colo e sorriu surpresa ao ver Dom Helder. Mas o sorriso foi breve. O semblante do bispo era a própria expressão da tragédia.

Ela nunca soube por que fez o que fez.

Muitos anos mais tarde, ela pensaria no gesto como uma possível reação instintiva de proteção ao menino que carregava no colo. Mas o fato é que, antes que Dom Helder pudesse pronunciar uma única palavra, Maria das Dores sentara-se no chão.

Ela não chorou em nenhum momento. Ficou muda, quando ouviu de Dom Helder o que já presumia. Demorou a dizer algo e surpreendeu-se com o som da própria voz e com a tolice, quando disse para o menino que ficara inadvertidamente no seu caminho: "Sai, José".

Dom Helder chamou membros do grupo que lhe ajudaram com as providências. As mulheres ficariam com as crianças.

Muitas pessoas compareceram ao Velório Municipal. Num ou noutro momento, ficando um pouco mais, um pouco menos, passaram por lá quase todos os membros do grupo de Dom Helder. O próprio bispo cancelou seus compromissos e, junto com a irmã de Joaquim, Rosália, ficou o tempo todo ao lado de Maria das Dores. Também estiveram presentes muitos membros do grupo Teatro Experimental do Negro e vários operários da obra Cruzada São Sebastião. Maria das Dores não se surpreendeu, sabia que seu companheiro era bem-quisto. Dona Isadora também foi, e também Filomena, cuja presença sensibilizou Das Dores, havia muito tempo estavam sem contato. Filomena contou que Dona Chiquinha morrera no ano anterior.

"Foi de repente, outra hora eu te conto."

Poucas pessoas, todavia, acompanharam o enterro propriamente dito. Estavam apenas Maria das Dores, Rosália, as crianças, incluindo Quinzinho, Dom Helder, Filomena e Dona Isadora.

Tudo terminado, Das Dores voltou para casa e recusou todas as ofertas de companhia. Deu jantar, pôs as crianças na cama e conversou longamente com elas, antes que dormissem. Procurou acalmá-las. Estava tudo bem, tudo continuaria bem, a vida continuava.

Mas ela sabia que seus desafios seriam outros, a partir de então. Precisaria buscar um novo emprego, que pagasse mais, agora tinha três filhos para criar sozinha. Pequena e franzina, aos olhos de qualquer um Maria das Dores ainda era pouco mais que uma menina, mas ela daria conta.

Antes de recolher-se, ainda teve tempo de pensar que a

briga de Luisinho, de uma forma ou de outra, acabara sendo providencial, ou ela não teria finalmente conversado com Joaquim sobre aquilo que mantivera por tantos anos na garganta. Admirava o companheiro, que nunca lhe cobrara e que, dizendo tão pouco, a perdoara, a redimira.

Já preparava para deitar-se quando, por alguma razão, lembrou-se do relógio de pulso de Joaquim. Buscou-o no bolso. Tirá-lo do corpo do companheiro fora um impulso que seguira sem sequer prestar atenção no que fazia. Fitava-o agora. Colocou-o no pulso. Não servia. Mesmo no último buraco da pulseira gasta, ficava frouxo e escapava-lhe pela mão. Guardou-o numa gaveta.

Ela achava que nunca contaria a ninguém, que aquilo seria uma coisa só dela, para sempre só dela. Mas estava enganada. Muitos anos mais tarde, conversando com Dandara, disse algo que envolveu a menção a Joaquim. Então ouviu da neta a pergunta que lhe pareceu inteiramente casual.

"Como ele te chamava, vó?"

Maria das Dores não respondeu imediatamente. A pausa chamou a atenção de Dandara, que tirou os olhos do livro e voltou-os para a avó.

Depois de um breve suspiro, com a majestade de uma imperatriz de filme velho e em preto e branco de televisão, Maria das Dores dos Santos Menezes revelou o segredo que guardara por mais de meio século.

"Mineirinha. Minha Mineirinha. Eu era a Mineirinha do seu avô."

2.

A empregada de Eurídice Gusmão

Capítulo 9

Uma família na Tijuca

Recém-casados, Eurídice Gusmão e Antenor Campelo foram morar na Tijuca, no Rio de Janeiro. Tiveram dois filhos. Cecília nasceu semanas antes do casamento completar um ano e, Afonso, cerca de um ano depois. Antenor era um próspero funcionário do Banco do Brasil, e a família vivia praticamente sem restrições orçamentárias.

Nos primeiros anos de casamento, Eurídice dedicou-se aos filhos. Quando ambos começaram a frequentar a escola, contudo, sendo uma mulher inteligente, criativa e muito ágil no trato da rotina, descobriu-se inquieta com a monotonia das longas horas de solidão.

Buscando preencher essas horas e apaziguar suas ansiedades, Eurídice enveredou pelas iniciativas a seu alcance. Autodidata, tornou-se exímia cozinheira, mas ia além de reproduzir receitas mais e mais sofisticadas. Criava as suas, inventava temperos e fazia composições ousadas que ganhavam a aceitação e o reconhecimento de vizinhas e amigas. Fez fama. A partir de um determinado momento, passou a registrar suas criações em um caderno de notas. Ao perceber que o caderno ganhara volume, pensou que poderia publicá-lo como um livro. Para submeter a ideia a Antenor, preparou um jantar especial ao término do qual apresentou-lhe o manuscrito e expôs seu projeto, que o marido desdenhou por completo. Eurídice sofreu com o veredicto de Antenor, mas acatou-o.

Nos meses que se seguiram, Eurídice deixou-se levar pelo tédio, preenchendo boa parte de seu tempo com radionovelas. Permanecia inquieta, entretanto, com "o imenso vazio que a incomodava".

Foi nesse momento que a prosperidade econômica do casal os levou à decisão que acabaria por aumentar ainda mais o tempo disponível de Eurídice.

Os Gusmão Campelo adquiriram uma das maravilhas daquela e de tantas outras épocas: uma empregada doméstica.

Dona Isadora estava decidida a ajudar Maria das Dores.

Queria-a bem e gostava de seu trabalho na pensão. De fato, dependia dele, mas sabia que Maria das Dores agora precisava de um salário que não poderia pagar. Então, ativara todos os seus contatos.

Seu Antônio, dono da papelaria fornecedora dos livros contábeis de sua pensão, fora o primeiro a responder que sim, sabia de um casal que procurava uma empregada.

"É gente decentíssima", disse, "e estão bem de vida, devem poder pagar bem."

Em seguida, perguntou:

"A moça é boa?"

Era boa, ela era muito boa.

As intermediações foram feitas, deram certo e, assim, Maria das Dores passou a trabalhar como empregada doméstica dos Gusmão Campelo.

Seu Antônio não se enganara e Dona Eurídice fora generosa nas negociações.

Maria das Dores agora tinha um salário até maior do que imaginava e que lhe seria suficiente para manter a casa em que vivera com Joaquim e os filhos.

Mas os sacrifícios não eram pequenos, e a vida, que sempre havia sido dura, agora era mais dura. Fazia a pé o trajeto entre a Vila Isabel e a Tijuca, na ida e na volta, para economizar o dinheiro do transporte que Eurídice lhe dava. Continuava a caminhar muito rápido, até mais, agora, do que quando era criança, e a rapidez lhe valeu a indicação de Dona Teresa para ser "a que fazia as compras".

Mesmo assim, cada perna do trajeto levava meia hora e, como o combinado era que devia chegar para servir o café da manhã aos patrões e só podia sair depois de lavar os pratos do jantar, Maria das Dores saía de casa antes das sete da manhã e só retornava catorze horas depois.

Luisinho e José iam à escola, onde passavam a manhã. Quando voltavam, apanhavam André na casa de uma vizinha ,que cobrava pouco para "olhar as crianças pequenas", almoçavam a comida fria que a mãe deixava no forno e, no resto do dia, criavam-se sozinhos.

Maria das Dores aproveitava as caminhadas para pensar.

Era uma recém-viúva, e deixar o trabalho na pensão de Dona Isadora — não porque quisesse, mas por absoluta necessidade — significara deixar também suas últimas referências pessoais diárias. Respeitava as iniciativas de Joaquim, mas não compartilhava delas. Nunca escondeu dele que só o acompanhava às reuniões do grupo de Dom Helder por solidariedade matrimonial. Sem Joaquim, resistiria aos apelos do bispo para manter o comparecimento às reuniões. Também jamais se interessara pelo grupo Teatro Experimental do Negro, essas eram coisas do companheiro e da família dele, não eram coisas dela. Bom, mas então, quais eram as coisas dela?, pensava. Ainda não sabia. O que sabia é que se sentia mais sozinha do que nunca. Os filhos lhe faziam companhia, é claro, mas, sendo também, e sobretudo, sua única e integral responsabilidade, era uma companhia que, de certa forma, aumentava a solidão. Mas o buraco maior, mesmo, era o da ausência de Joaquim. Esse parecia infinito.

No entanto, Maria das Dores sabia que não podia deixar isso transparecer, pois a expectativa da patroa e sua família em relação a ela não contemplava tomar conhecimento, quanto mais prestar algum tipo de solidariedade às suas angústias pessoais. Então, no caminho para o trabalho, como uma atriz que incorpora uma personagem, ela se preparava para o papel que desempenharia durante todo o dia. Seria a moça simples, prestativa, muda, sempre sorridente e, principalmente, burra, muito burra. E, claro, sem qualquer traço de angústia, ou metafísica. Ela sabia que, em última instância, era exatamente isso que todos, ali, esperavam dela.

"E não só ali", acrescentava em pensamento.

Fazia parte de seu papel aceitar calada todas as críticas que recebia, tivessem ou não fundamento.

Eram *os franzidos na cama já feita, os risquinhos no piso encerado, os pentelhos no box lavado, era por ser muito burra, por ter manchado a toalha, por ter queimado a calça, por ter quebrado o copo, por ter perdido os brincos de Eurídice*, enfim, fosse pela razão que fosse, Maria das Dores era humilhada todos os dias, o dia todo instada a sentir-se inferior, a saber-se inferior.

Nunca se defendia, jamais se justificava. A personagem que incorporava recebia cada humilhação com um sorriso no rosto e cara de burra. Às vezes, quando a reclamação era maior, mesmo sabendo, como era frequente, que a causa do incidente era outra e não guardava qualquer relação com algum ato dela, baixava os olhos, pensava nos filhos e pedia desculpas.

Numa tarde de domingo, Maria das Dores levou os filhos para passear. Estava feliz com o fato de que André já não pedia colo. Tomou o ônibus com as crianças e foi da Vila Isabel ao Estácio, onde marcara um encontro com Filomena. A última vez que a vira havia sido no enterro de Joaquim. Naquela ocasião, Maria das Dores não tinha olhos para nada, mas agora, ao reencontrar a amiga, surpreendia-se novamente por sua beleza e seu porte. E olha que a amiga deveria estar beirando os 50 anos.

"Filomena tem uma elegância nobre", pensou Maria das Dores ao vê-la, "e é muito mais bonita que a mãe".

Pronto, lá estava ela, novamente, a associar Filomena à mãe. Era instintivo. E talvez fizesse algum sentido. As idades das duas regulavam, enquanto Dona Chiquinha era uns vinte anos mais velha. E, se quem "cuidou" de Maria das Dores recém-chegada ao Rio de Janeiro foi Dona Chiquinha, era inegável que quem a tomara como uma espécie de protegida fora Filomena. Chiquinha até desenvolveu uma proximidade com Maria das Dores, mas o fato é que ela "cuidava" igualmente de pelo menos meia dúzia de outras meninas. Havia um toque profissional e, portanto, impessoal, distante, na sua relação com cada uma delas.

Foi Filomena, portanto, que lembrou a Das Dores alguma coisa maternal. A conexão tinha sido instantânea.

Cumprimentaram-se com efusão. Os filhos de Maria das Dores adoravam Filomena, que tinha reservado a eles um pouco de doce de leite. Depois de comerem, as crianças foram brincar no quintal.

O primeiro e inevitável assunto foi Joaquim, Filomena queria saber como a amiga estava sem ele. Das Dores respondeu, mas não estimulou o assunto. Sentia que não lhe fazia bem. Então, na resposta, emendou com o tema do seu novo emprego, contou da família da Tijuca e de quanto estava impressionada com a patroa que, se era uma peste em alguns sentidos, em outros era uma benção.

"Como as meninas diziam da Dona Chiquinha, lembra?"

Falou do bom salário que negociara sem dificuldades e mostrou-se admirada com as habilidades de Eurídice na cozinha, qualificando-a como uma cozinheira "de forno e fogão, de doces e salgados".

"A minha comida não é a deles, almoço todos os dias *a mesma refeição de arroz, feijão e músculo*, mas fico olhando o que ela faz, nas poucas vezes que vai pra cozinha e me dá uma coisa ou outra para provar. É tudo bom demais."

Filomena ouvia interessada. A tarde foi passando, o tema da conversa migrando, até acabar em Dona Chiquinha.

"Pois é", disse Filomena, "tomei um susto quando uma das meninas veio me contar. Quer dizer, me contar e pedir ajuda, claro, porque ninguém, ali, sabia o que fazer, você pode imaginar."

Das Dores podia.

Dona Chiquinha morreu de repente, ninguém soube

a causa e ninguém se interessou muito. As meninas que tinham visto pedaços da história ofereceram as peças que acabaram montando num quebra-cabeças nada complicado. Ao término do café da manhã, Dona Chiquinha disse que se sentia um pouco tonta, talvez enjoada. Perguntou às meninas se alguma delas passara mal com a canja da véspera. Nenhuma havia. Então, disse que ia se deitar um pouquinho.

As meninas estranharam, mas respeitaram, afinal, era Dona Chiquinha quem mandava ali. O tempo foi passando, a hora do almoço se aproximava e do quarto de Dona Chiquinha não saía nem ruído. Finalmente, uma delas criou coragem e foi ver. Dona Chiquinha tinha morrido.

"Fui eu que providenciei tudo", prosseguiu Filomena. "Depois, deu o maior rolo."

"Rolo?"

Filomena perguntou se Maria das Dores se lembrava "daquele filho dela". Ela lembrava. Era um homem grande, de tez escura e um rosto mal-encarado que só aparecia muito de vez em quando. Maria das Dores só o vira duas vezes ao longo dos anos que passara com Dona Chiquinha. A presença dele embaraçava a cafetina, que só encontrava algum conforto na certeza de que o filho ficaria pouco tempo, pois seu propósito em qualquer visita era sempre o mesmo. Queria dinheiro e provar as meninas novas.

Filomena tentou encontrá-lo, mas teve dificuldades. Quando finalmente conseguiu, a mãe já estava enterrada havia uma semana.

"Ele chegou na casa da Dona Chiquinha todo grosso, com ares de dono, querendo mandar em tudo. Mas teve uma surpresa."

A casa já tinha nova dona, alguém que ele jurava jamais ter visto ou sequer ouvido falar. Engrossou, ameaçou partir para a ignorância e se deu mal. Fosse quem fosse, a mulher não herdara de Chiquinha apenas a casa, as meninas e a posição de cafetina. Ela era também a nova chefe dos "associados" de Chiquinha, que zelavam pela nova patroa como faziam com a anterior.

"Me contaram que ele apanhou um bocado", disse Filomena.

Apanhou, mas não desistiu. Ele era o filho, o herdeiro, tinha os documentos e queria justiça. Só que encontrou alguém pela frente que dizia que era filha — mas de outro pai — também era herdeira e também queria justiça.

"Olha, durou mais de um ano, eu acompanhei tudo, as meninas me contavam."

"E como acabou?"

"Acabou que a filha ficou com tudo, e o filho, que apanhou mais duas vezes, com nada."

"E quem era essa filha?"

Ninguém sabia. Nunca ouviram falar dela, Dona Chiquinha só mencionava o filho. Raramente, mas, às vezes, mencionava.

"Agora, filha?"

Não, nunca falava em filha, nunca disse que tivera outra criança. Bom, também nunca disse que não teve, era fato, mas todas supunham que Chiquinha tinha apenas o filho.

Filomena contou que as próprias meninas estranharam. O homenzarrão tinha os traços óbvios da mãe. E documentos comprovando a relação entre ambos. Já a mulher, além de não lembrar a Chiquinha em nada — de pele clara, bem diferente da mãe —, não tinha documento algum, só uma história comprida que começava dizendo que ela fora entregue à avó paterna logo após o nascimento e fora essa avó que a criara. Também tinha algumas testemunhas.

"Ela chegou no dia seguinte ao do enterro", contou Filomena. Veio acompanhada por alguns dos "associados" que a apresentaram às meninas dizendo que ela "era a filha da Chiquinha, eles a conheciam havia muito tempo". Ou seja, foram suas primeiras testemunhas.

Fosse como fosse, a Justiça precária possível a eles e à qual não cabia recurso decidira que tudo caberia a ela.

Já era tarde, Maria das Dores tinha que ir embora. Antes das despedidas, ocorreu-lhe perguntar, só para confirmar:

"Essa filha era..."

Fez uma pausa e acabou por não completar o que seria uma pergunta, mas nem foi necessário. Filomena confirmou movendo lentamente a cabeça.

As duas se olharam em silêncio por algum tempo. Então, Maria das Dores se despediu.

Capítulo 10

Maria das Dores e Eurídice

Já fazia muito tempo que Maria Das Dores continuava a desempenhar com rigor o papel que todos esperavam dela naquela casa da Tijuca em que tudo lhe parecia sempre igual quando notou que alguma coisa mudara.

Primeiro foi, bem, o que fora aquilo, um elogio? Não, não podia ser, estava segura de que não entendera direito. Então, notou também uma ausência. Não que sentisse falta, mas observou que havia alguns dias — semanas? — não se repetia o ritual do *Maria das Dores é muito burra*, *Maria das Dores faz tudo errado*, que ela via como uma espécie de protocolo a ser cumprido diariamente, fazia parte de seu emprego.

Tudo porque Eurídice tinha um novo interesse, um novo foco para o qual toda a sua atenção estava voltada. Compreendeu isso quando viu instalarem na sala da casa uma enorme máquina de costura. Eurídice só tinha olhos para ela. Aprendia seu funcionamento e, aos poucos, extraía dela seus primeiros resultados, aos quais seguir-se-iam muitos outros. *Cecília tinha um novo avental, Afonso, uma nova calça azul.*

Maria das Dores impressionou-se com a rapidez com que Eurídice aprendia e com a qualidade do que fazia. Admirava a inteligência, a capacidade de concentração e a dedicação da patroa. A máquina não era a máquina, a máquina era Eurídice.

A mudança de humor manifestava-se também na relação da patroa com Antenor e os filhos, aos quais, agora, dava mais atenção. Lá da cozinha, Das Dores acompanhava com interesse, por exemplo, as explicações complementares que Eurídice dava a eles sobre os assuntos que os meninos diziam estar estudando na escola. Para tanto, a patroa valia-se dos muitos livros que tinham na estante da sala. Uma coleção, aliás, que crescia continuamente, como Das Dores observava, pois não era raro Antenor aparecer com novos livros, que seriam somados aos que já estavam lá. Ela supunha que o patrão os lesse no trabalho, ou na cama, antes de dormir, pois nunca o vira lendo outra coisa que não fosse o jornal.

O aprendizado de Eurídice amadurecia e a máquina produzia em ritmo acelerado. Todos na casa agora tinham roupas novas, Das Dores tinha novos uniformes, havia paninhos decorativos sobre vários móveis. Eurídice até emagreceu, parece que a sua atenção à costura a fazia esquecer-se de comer.

De repente, num inesperado "você é muito burra", percebeu que o humor da patroa voltara a azedar. Não teve dificuldades em identificar a causa. Havia alguns dias, a máquina estava parada pela absoluta ausência do que fazer. Das Dores preparou-se para o pior.

Mas ele não veio.

Viu Eurídice sair às ruas disposta a "costurar para fora". Buscava clientes, oferecia-se ao mercado. Houve quem estranhasse, houve vizinha que não entendesse e que supusesse coisas a respeito das finanças dos Gusmão Campelo, mas nada impediu que Eurídice alcançasse rápido sucesso no seu intento.

As primeiras entregas alavancaram outras, de repente havia grande interesse no trabalho daquela senhora que produzia com qualidade, rapidez e, o melhor de tudo, a um preço muito baixo; as encomendas saíam quase que só pelo preço do tecido e do material.

Em pouco tempo, a sala dos Gusmão Campelo estava recebendo clientes às quais Maria das Dores servia cafés enquanto Eurídice tomava medidas e discutia com elas alternativas e possibilidades.

Observando tudo sempre calada, Maria das Dores compreendeu que uma mulher que tudo tinha podia angustiar-se imensamente por achar que não tinha tudo. Ou, pior, que não tinha nada.

De repente, apareceu na casa dos Gusmão Campelo a Dona Maricotinha, contratada para ajudar Eurídice na costura. A patroa já não dava conta de tantas encomendas.

Maria das Dores cumprimentou Dona Maricotinha, ofereceu-lhe um café e pensou com seus botões.

"Isso não vai dar certo."

Maria das Dores resistira, sim, como planejara. Mas sucumbira. Lá estava ela de volta às reuniões do grupo de Dom Helder.

Logo depois da morte de Joaquim, ela afastou-se das reuniões e o bispo não a pressionou para que retornasse. Astuto, ele intuía que Das Dores precisava de um tempo de introspecção. Então, limitava-se a enviar a ela, periodicamente, mensagens de ânimo e de esperança que Das Dores recebia e lia com alguma indiferença.

A resistência dela caiu no Domingo de Ramos em que mais de 150 mil pessoas foram ao Maracanã ouvir Dom Helder no evento que ficaria conhecido como a "Tarde Sagrada", mais um evento de enorme sucesso organizado pelo bispo.

A razão da sua ida, contudo, era outra. Ela não perderia essa chance de entrar sem ter de pagar no estádio em cujo entorno ela se encontrara com Joaquim numa tarde de domingo parecida com aquela. Sempre quisera conhecer por dentro aquela estrutura colossal que ela admirava por fora. Finalmente, iria fazê-lo. Emocionou-se assim que se viu lá dentro. Notou que as crianças também estavam impressionadas, e não era para menos. A tarde ensolarada, aquele céu de um azul perfeito contrastando com o verde do gramado, aquela multidão cantando. Deu vontade de chorar. Seria forçado dizer que teve uma epifania, mas, naquele momento, Maria das Dores viu-se inclinada como nunca a crer que tudo aquilo que o bispo pregava, e de que ela normalmente desconfiava, talvez fosse verdade.

Depois desse dia, voltou às reuniões do grupo. Isso não significava, entretanto, que conseguisse se entusiasmar com o que ouvia, como observava que ocorria com Joaquim. Ela ia, levava as crianças, participava quando o bispo lhe dirigia a palavra — e ele a dirigia a cada um dos presentes, individualmente, em algum momento da reunião —, mas a verdade é que frequentemente se via apenas esperando a reunião acabar para poder ir embora.

Era o que se passava naquela tarde de sábado, quando ouvia com certo tédio o bispo dizer que se vira obrigado a negar mais um convite do Presidente Juscelino Kubitscheck, desta vez para ser o prefeito da cidade do Rio de Janeiro, ainda a Capital Federal do país — mas por pouco tempo.

Juscelino queria tê-lo no governo de qualquer jeito, já lhe havia oferecido o Ministério da Educação e não escondera a contrariedade diante da resposta negativa de Dom Helder.

Contudo, havia uma coisa naquela reunião que a fazia diferente de todas as outras, conforme observou Maria das Dores, intrigada.

Inaugurando o que viria a ser seu novo hábito, Luisinho sentara-se voluntariamente a seu lado, em vez de ir brincar com as outras crianças, como sempre fizera. O filho acompanhava o que o bispo dizia, e ela teve de reconhecer que parecia mais interessado do que ela.

Olhou pensativa para o menino, que era objeto permanente de sua preocupação.

Não rejeitara o filho de Seu Manuel por ele ser o filho de Seu Manuel. Jamais o culpara pela vida que vivia no Rio de Janeiro, longe da família e do Barro Preto de Belo Horizonte. Era como se ela conseguisse processar assuntos muito próximos e indelevelmente conectados em compartimentos distintos e independentes da sua cabeça. Como se, para ela, nem filho de Seu Manuel Luisinho fosse.

Houve circunstâncias que contribuíram para isso, ao menos no início de sua relação com Joaquim. Quando o conheceu e ambos se aproximaram, Luisinho ainda era muito pequeno. Joaquim tivera a grandeza de acolhê-lo como filho e o menino nem percebeu quando passou a achar que Joaquim era seu pai. Não precisaram discutir o assunto, planejar ou desenvolver algum tipo de estratégia, deu-se apenas que um dia Luisinho chamou Joaquim de pai e aquilo foi aceito pelos três com naturalidade. Pai ficou.

Tudo parecia bem até o segundo pior dia da vida de Maria das Dores. Ainda que esse primeiro susto tenha sido grande, bem grande, não foi suficiente para acionar nela e no companheiro quaisquer mecanismos de conexão. Ocorre que àquele episódio se seguiram outros, mesmo que não tão contundentes, e aos poucos Maria das Dores foi entendendo que os mecanismos de conexão de Luisinho eram muito mais acelerados do que os dela e de Joaquim. O menino quase branco numa família em que ninguém era daquela cor aprendia coisas sem saber que aprendia, tinha dúvidas sem saber que tinha, sofria, enfim, de uma angústia precocemente precipitada pelo contraste que ele notava que os outros notavam. A briga em que ele se meteu, que mandou ao hospital o menino que dissera que "seu pai não era seu pai", provocara a conversa em que Joaquim lhe dissera que falariam com Luisinho e que, aos poucos, o menino haveria de compreender.

Mas, então...

A morte de Joaquim fora um evento de tal impacto que Maria das Dores não se viu em condições de dar continuidade a qualquer plano anterior a ela. Assim, a suposta conversa não ocorreu.

Observou, contudo, que a perda de Joaquim teve um efeito inesperado sobre seu filho mais velho. Sua agressividade diminuíra, estava menos agitado, mais pacato. Mais sensato? Difícil dizer. Talvez mais maduro. O menino agora cursava o ginasial, os ginasianos eram frequentemente alertados e cobrados para o fato de "já não serem mais crianças". Embora ainda o fossem, é claro.

Seria isso? Maria das Dores não sabia.

Havia outra coisa, também. Luisinho agora lhe fazia perguntas sobre assuntos que a surpreendiam e a respeito dos quais ela pouco ou nada sabia. Viagem ao espaço? Comunismo? Observara ainda o recente interesse do filho por Dom Helder Câmara, e não teve dificuldades em identificar sua origem. Luisinho de repente sabia-se próximo de alguém suficientemente importante para ter sua atuação discutida na escola pública que cursava. Do pouco que o menino dizia, deduziu que Dona Dinorá, a professora de português, gostava do bispo, enquanto o professor Orlando, de História do Brasil, muito pelo contrário.

E, por falar no bispo...

Maria das Dores voltou de suas reflexões quando ouviu Dom Helder convocar a todos à oração. Uniu-se aos demais no Pai-Nosso e não se sentiu mal de não ter a mais remota ideia dos últimos assuntos tratados naquela reunião.

Capítulo 11

Tchekhov

Foi um escândalo.

Maria das Dores previu aquele dia, era inevitável, mas nunca supôs que seria naquelas circunstâncias.

As atividades da "Eurídice costureira para fora" haviam atingido grandes proporções. A patroa tinha agora mais uma ajudante além de Dona Maricotinha e um número considerável de clientes que já não se restringiam à vizinhança, ou mesmo à Tijuca.

Se Antenor nada sabia a respeito é porque todas as tardes, uma hora antes do horário em que o marido costumava retornar do trabalho, tinha início uma bem articulada sequência de tarefas que começava por assegurar que não haveria mais nenhuma cliente na casa e que era concluída quando tecidos, moldes, xícaras de café e quaisquer outras evidências da passagem delas por lá estivessem totalmente recolhidas. No dia seguinte, começava tudo de novo.

Mas Antenor pegara uma gripe que o pusera de cama e, o que era raro, muito raro, impedira-o de ir trabalhar por alguns dias.

Cautelosa, Eurídice desmarcou com as clientes e ninguém apareceu por dois dias seguidos. No terceiro, contudo, vieram algumas, tinham festas a ir e pressa na encomenda de trajes. Eurídice pediu à primeira que falasse baixinho, o marido estava no quarto ao lado, doente. Repetiu o pedido à segunda, não mais à terceira e, em poucas horas, aquela se transformou numa tarde normal na sala da casa da "Eurídice costureira para fora". Apreensiva, ela torcia para que o marido, ainda grogue, não saísse do quarto. Mas ele saiu. Muito grogue ou pouco grogue, o barulho chamou a atenção de Antenor, que saiu da cama e foi para sala, onde encontrou um ambiente que lembrava, bem, lembrava o que realmente era. A sala de sua casa era um ateliê de costura chefiado por sua mulher.

Antenor fez algumas perguntas, repetiu-as, teve dificuldades para entender, provavelmente não queria acreditar. Quando compreendeu, enfim, acima de qualquer mal-entendido razoável, explodiu.

Deu-se o escândalo que Maria das Dores previra quando conheceu Dona Maricotinha. Foi de grandes proporções. Por muitos meses, Maria das Dores se lembraria das cenas e dos eventos que se seguiram.

Para constrangimento de Eurídice, Antenor começou por expulsar todo mundo que estava na sala, clientes, ajudantes, fossem quem fossem, até que restassem apenas ele e Eurídice. Maria das Dores acompanhava da cozinha a indignação de Antenor. Esbravejava e gritava todos os lugares comuns de marido indignado. Não houve diálogo, nenhum "veja bem", não houve remédio.

Nos dias seguintes, Eurídice daria início ao encerramento definitivo das atividades da "Eurídice costureira para fora". Demitiu as ajudantes, que indenizou com generosidade, repassou as clientes à Dona Maricotinha, providenciou, enfim, com sua notável eficiência habitual, para que em poucos dias não houvesse qualquer vestígio da iniciativa que a afastara de seus fantasmas e a fizera feliz por algum tempo.

Nas semanas seguintes, Maria das Dores observou a patroa entregar-se a uma apatia que a impedia até de criticá-la ou xingá-la — essa parte não era de todo ruim. Viu Eurídice retornar às novelas, mas com interesse menor, assim como tornou-se menor seu interesse em saber o que os filhos estudavam ou em buscar cumprir os caprichos de Antenor.

Foram meses seguidos assim, Maria das Dores acompanhou o efeito da apatia de Eurídice e compreendeu afinal que aquilo que observara na patroa não era algo só dela. Aquela era uma casa em que todos tinham tudo, mas não tinham tudo e, talvez, não tivessem nada.

Um dia, Maria das Dores se deu conta de que fazia muito tempo que não via Filomena. Tinha ficado sabendo que a amiga que comparava à mãe não estava nada bem de saúde e, então, no domingo seguinte ao da notícia, voltou ao Estácio para vê-la. Dessa vez, foi sem as crianças, uma decisão mais prática do que qualquer outra coisa, mas que se mostrou sábia. Das Dores não estava preparada para o que veria.

Encontrou-a na cama, com uma aparência péssima e reclamando de dores por todo o corpo.

Filomena meio que adotara uma moça que aparecera por lá com um filho pequeno, dizendo-se "viúva". Como de hábito, Filomena não fez perguntas. Simpatizara com a moça e precisava de ajuda no seu negócio de tomar conta de crianças, que ia bem, mas estava desorganizado. Filomena não era boa em contas nem um primor em organização. Sabia também que aquele tipo de moça iria ajudá-la bastante.

Quando Maria das Dores tomou conhecimento dessa história, enciumou-se, mas acabou gostando de Guida quando a conheceu. Soube que ela tinha um filho, mas o menino brincava no quintal e ela não o viu.

Havia de admitir também que Guida soubera mostrar-se à altura da generosidade de Filomena. Ao acolhê-la, Filomena salvara a ela e ao filho de um destino que Guida preferia não imaginar. Agora, ela retribuía, cuidando do negócio e de Filomena. Fora salva e agora salvava.

Guida ouvira falar de Maria das Dores, mas nada sabia sobre ela e, até então, não se conheciam. Encontrou um jeito de tirá-la da cabeceira da cama de Filomena por alguns minutos pedindo ajuda na cozinha. Lá, foi direto ao ponto, sem meias palavras.

"O médico disse que é câncer. Só o que dá pra fazer é mantê-la sem dor, mas nem isso, às vezes, é possível. Ela precisa de toda a morfina que puder receber, só que é caro. E também tem outros remédios. Você pode ajudar?"

Maria das Dores não podia, mas pôde, encontrou fundos onde fundos não havia e ajudou naquela semana e nas semanas seguintes.

Antes de ir embora, Filomena se animou um pouco, as dores pareceram diminuir.

"Semanas antes de você aparecer, eu também caí de cama", contou Filomena. "Foi uma surra que tomei. E que surra! Apanhei de uns capangas de um grã-fino indignado porque a mulher dele estava apaixonada por mim."

Maria das Dores conhecia a história que ouvira mais de uma vez, mas nada disse e manteve-se atenta.

Sua preocupação era a de não chorar.

"Se eu saí daquela, eu saio desta", disse Filomena, e riu um pouco, o que foi uma péssima ideia, pois a risada fez vibrar o corpo e as dores voltaram com enorme intensidade, a risada acabou em um grito que quebrou a resistência de Maria das Dores. Guida interveio para que Filomena não a visse sair chorando do quarto.

Nas semanas seguintes, Maria das Dores daria um jeito de telefonar quase que diariamente da casa dos Gusmão Campelo para a quitanda que ficava próxima da casa de Filomena. Guida corria para atender e dava notícias. Das Dores avisava quando podia mandar dinheiro, o que fazia por meio de Luisinho, que agora trabalhava como office-boy, cursava o ginásio à noite e já se virava de ônibus pelo Rio de Janeiro.

Numa quarta-feira chuvosa, Guida, ao telefone, deu a notícia aos soluços.

"Ela não aguentou esta noite."

Maria das Dores chorou baixinho na cozinha por mais de uma hora, enquanto completava o jantar que serviu cabisbaixa e calada.

Ninguém notou.

Faltar ao trabalho estava fora de cogitação. Não foi ao velório e nem ao enterro.

Num domingo pela manhã, Maria das Dores ouvia atenta a conversa dos filhos, lá fora, enquanto fazia a comida na cozinha. Ela se interessara pela história que Luisinho contava a José.

Os três irmãos agora eram próximos e, desde a morte de Joaquim, que modificara Luisinho, brigavam pouco. Luisinho gostava de contar a José as coisas interessantes que descobria de um jeito ou de outro. Ainda que as idades diferissem em três anos, um bocado de tempo, para aquela faixa etária. Ajudava o fato de José ser nitidamente um menino precoce.

A conversa versava sobre um conto que a Professora de Português lera em voz alta, na aula da véspera. José ouvia admirado.

"No começo tem esses homens discutindo o que é melhor, pena de morte ou prisão perpétua. Um defende uma coisa, outro defende a outra. Daí um velho muito rico que defende a pena de morte diz para o outro, que é bem mais moço e defende a prisão perpétua, que apostava que ele não aguentaria ficar preso muito tempo. E o moço topa."

"Topa?", pergunta José.

"Topa. Então, o velho constrói um quartinho no jardim da casa dele e o moço tem que passar quinze anos sem sair de lá, com guarda na porta e tudo. Se ele ficasse até o fim, ganharia um monte de dinheiro. Se saísse no meio, não ganharia nada e o tempo que ele passou lá, paciência, perdeu."

"E a comida?"

"O velho tem que dar, faz parte da aposta. Bom, o moço vai pro quartinho e começa a contar o tempo. No começo, ele quase morre de tédio, só toca piano."

"Tinha um piano no quartinho?"

"Devia ter, porque é isso que a história diz, que ele toca piano o dia inteiro. Além da comida, o velho manda jornais, revistas e livros. O moço se interessa e começa a ler." Parou um pouco, queria que o irmão perguntasse.

"E daí?"

"Daí é que ele vai lendo e vai pedindo cada vez mais livros, livros maiores, mais complicados, em outras línguas e ele lê tudo, lê, lê, só faz isso. Ele se comunica com o velho só por bilhetes e cartas. Tem um dia que ele manda uma carta para o velho e escreve a carta em seis línguas diferentes que ele aprendeu estudando nos livros. O moço pede para o velho dar um tiro de espingarda no jardim se as cartas não tivessem nenhum erro. Não tinham e o velho deu o tiro."

Luisinho parou de novo, para se certificar do interesse do irmão.

"Vai, conta."

"Depois de muitos anos, o moço pediu a Bíblia. Durante um ano inteiro, não pediu outro livro, só a Bíblia. Deve ter lido a Bíblia o ano todo. Daí, voltou a pedir livros. Diferentes dos anteriores, que eram livros de história, ele agora pedia de tudo, poesia, ciências — eu tenho um professor de Ciências, sabia?"

"Conta."

"Já está acabando. Faltam poucos dias para acabar os quinze anos, e o velho rico está desesperado, porque durante esse tempo ele perdeu tudo e não tem como pagar o moço. Quer dizer, não era mais moço, né?"

Luisinho riu.

"Vai, Luisinho, termina."

"Então o velho entra no quartinho. Vai bem quietinho, sem fazer barulho. Ele vai matar o moço. Quando entra, vê o moço dormindo e vê também que ele escreveu uma carta. Aí ele lê a carta."

"E o que ela diz?"

"É muito bonita, aí, você tem que ler."

"Sim, mas o que ela diz?"

"Bom, diz que nesses quinze anos, com tudo o que ele leu, ele aprendeu muito, entendeu muita coisa que antes não entendia, que agora ele sabe que quase tudo aquilo que as pessoas dizem, pensam e fazem não tem nenhum sentido. Tanto assim, olha isso, tanto assim que, apesar de ter ficado quase quinze anos no quartinho, só faltam poucos dias, ele não quer o dinheiro do velho, não é disso que ele precisa, e que ele vai sair do quartinho antes de completar os quinze anos."

"E ele sai?"

"Sai."

"Sai?"

"Sai, José. Sai quando faltam só alguns minutos pra completar os quinze anos."

"Minutos?"

"Minutos."

"E daí?"

"Daí acabou, não tem e daí, acaba quando ele sai do quartinho minutos antes de completar quinze anos ali. Os guardas ficam espantados, vão avisar o velho e a história acaba."

"Sai sem ganhar nada, depois de quinze anos?"

"Quase quinze anos. Quinze anos menos alguns minutos."

José estava boquiaberto, e Luisinho queria era isso mesmo.

"Então, José, foi isso que a Dona Dinorá, a professora, explicou. Ele não ganhou o dinheiro porque escolheu não ganhar o dinheiro. Escolheu, entendeu? Mas ganhou tudo o que ele aprendeu nos livros que leu. Ele não sabia que o velho rico agora estava pobre. O que ele sabia era que o dinheiro não era mais tão importante para ele, não era isso o que ele queria."

"E o que ele queria?"

"O conto não diz, mas a professora disse que ele queria saber mais, aprender mais. Ler mais, portanto."

"Ah, não faz sentido, que maluco!"

"Bom, tudo bem. Mas funcionou."

"Como assim?"

"A Dona Dinorá falou que ia ler esse conto porque queria que a gente entendesse como ler pode mudar tudo o que a gente pensa, o jeito que a gente vê as coisas. E eu digo que funcionou porque a professora tem aquela biblioteca dela e, no dia em que ele leu o conto, todo mundo foi lá, tirar um livro. Eu também fui e peguei este aqui, ela disse que é bom."

Mostrou ao irmão o exemplar de *Olhai os lírios do campo*, de Erico Verissimo.

Capítulo 12

Guida

Meses depois da morte de Filomena, a campainha da casa de Eurídice tocou e Maria das Dores foi atender.

Tomou um susto.

Era a Guida!

Trazia pelas mãos *um menino gordinho* para o qual Maria das Dores olhou e pensou: "Deve ser aquele filho dela que a Filomena falou."

O susto de Guida não foi menor.

Ficaram ambas se encarando por algum tempo, nenhuma das duas dizia nada. Simultaneamente, ambas montavam em seus cérebros rápidos quebra-cabeças na tentativa de explicar a situação.

Quem quebrou o silêncio foi Guida. Sem mencionar Filomena ou fazer qualquer alusão ao fato de terem se conhecido, mesmo que tivessem se visto em uma única ocasião, limitou-se a apresentar-se como a irmã de Eurídice, e disse que queria vê-la.

Maria das Dores também não disse nada. Nunca soubera que a patroa tinha uma irmã que fugira de casa quando Eurídice ainda era uma adolescente. E, mesmo que soubesse, jamais poderia supor que essa irmã fosse a Guida da Filomena.

Aos poucos, saberia que a separação das duas irmãs ocorrera havia tantos anos que Eurídice nem sabia se Guida continuava viva.

À perplexidade de Maria das Dores e de Guida, juntava-se agora a de Eurídice. Abraçou Guida bastante incrédula do que fazia, e então as irmãs começaram uma conversa que duraria várias horas, naquela sala que já fora um ateliê de costura. Ou melhor, vários dias, semanas, meses.

Das Dores acompanhava da cozinha e nas muitas entradas e saídas da sala com cafezinhos, doces e salgados. Em nenhuma dessas ocasiões olhou para Guida e, se o fizesse, notaria que ela também evitava o olhar de Maria das Dores.

Acompanhando da cozinha o relato que Eurídice ouvia da irmã, compreendeu que a vida de Guida, dura e infeliz, piorara nos últimos tempos, por conta de algumas complicações de saúde do filho. Estava desesperada e não tinha para onde ir. Sem nem pensar na hipótese de antes consultar Antenor, Eurídice acolheu a irmã e o sobrinho. Guida e Chico passaram a morar com os Gusmão Campelo.

Eurídice sabia que os filhos chegariam a qualquer momento, mas ela tinha uma curiosidade a saciar.

"E como você sabia onde eu morava? Por que não me procurou antes?"

Guida voltou os olhos para o chão.

"Um dia eu vi você, foi totalmente por acaso, e a segui até aqui. Pensei em bater, mas tive vergonha."

Ao longo dos meses em que Guida morou na casa de Eurídice, Maria das Dores jamais a abordou.

Quando as circunstâncias a obrigavam a dirigir-se a ela, fazia-o com os olhos baixos e usava a menor quantidade possível de palavras. Evitava o olhar da outra e fugia da possibilidade de ficar a sós com ela.

Ninguém jamais notava nada.

Quanto ao comportamento de Guida, Maria das Dores pensou identificar alguma tensão nos primeiros dias, mas foi só. Logo a irmã de Eurídice passou a simplesmente ignorá-la, como se jamais houvessem se conhecido.

Identificou no gesto de Guida uma proposta calada de um pacto que Maria das Dores acatou. De fato, quando entendeu a estratégia pensada ou não pensada de Guida, de ignorá-la, ela também relaxou. Até preferia assim. Compreendera havia muito tempo o papel que lhe competia.

O reaparecimento da irmã perdida eliminou qualquer traço da apatia crônica e depressiva em que Eurídice se encontrava desde que deixara de ser "a Eurídice costureira para fora". Chico foi bem aceito por Cecília e Afonso e *Antenor nem ficou muito bravo nem nada, porque pela primeira vez em muito tempo notou interesse nos olhos de Eurídice.*

A "Eurídice costureira para fora" era agora sucedida pela "Eurídice que tinha uma irmã". Elas se bastavam. Faziam tudo juntas, inventavam coisas para fazer e riam o tempo todo.

Assim passaram-se muitos meses.

Mas, um dia, Guida encontrou Antônio, o dono da papelaria que dissera a Dona Isadora que conhecia uma família na Tijuca que precisava de uma empregada.

Antônio era um homem maduro e solteiro que cuidava da mãe idosa, Dona Eulália. Por muitos anos, Antônio fora platonicamente apaixonado por Eurídice. Como a irmã de

Eurídice era o que havia de mais próximo de Eurídice, Antônio se aproximou de Guida e, depois de alguns meses, eles e Chico eram uma família. Por mais algum tempo, a família ainda era composta por Dona Eulália, que morreu engasgada com uma bala puxa-puxa. Guida estava na cozinha fritando bifes e, bom, digamos assim, não ouviu, quer dizer, bom, demorou a perceber que aquele diabo de sogra havia engasgado.

A nova felicidade de Guida, entretanto, agora vivendo com marido e filho numa casa que finalmente considerava sua, teve por contrapartida a volta da velha infelicidade de Eurídice.

Sem a irmã para compartilhar tudo, da história comum a qualquer novo interesse ou descoberta, passando pelas histórias separadas que nunca conseguiam acabar de contar uma à outra, Eurídice voltou a ser assombrada pelos seus fantasmas.

Em pouco tempo, estava de volta à apatia e à depressão da mulher que tinha tudo, mas não tinha tudo e talvez não tivesse nada, que Maria das Dores conhecia tão bem, e da qual se apiedava.

"Luisinho, como chama aquela história que a sua professora leu na classe?"

"Qual?"

"Aquela que você contou pro Zé, do moço que morava em um quartinho na casa do velho rico."

Luisinho pensou um pouco, mas já fazia algum tempo

e ele se lembrava da história, mas não do título, nem do nome do autor.

"Só sei que era um russo, porque a professora falou muito dos escritores russos. Mas os nomes deles são complicados. Tem até 'w' e 'y'."

Ficou desapontada, mas encontrou uma solução.

Esperou algumas semanas até a data da próxima reunião do grupo de Dom Helder. Ao término dela, procurou pelo bispo que a recebeu com a afabilidade usual. Ele não deixara de notar que Luisinho, agora, acompanhava as reuniões sentado ao lado da mãe.

"Conheço, sim, Maria das Dores. É um conto belíssimo de um autor russo, os russos deram grandes contribuições à literatura."

Maria das Dores havia reproduzido a Dom Helder a história que Luisinho contara a José. As imprecisões e incompletudes não prejudicaram a compreensão do Bispo, que identificou o conto imediatamente.

"O senhor anota, por favor?"

O bispo pegou um pedaço de papel e escreveu: "A aposta", Anton Tchekhov. E ainda se preocupou em explicar. "Esse é o nome do conto, não do livro. Tchekhov escreveu vários livros, principalmente peças de teatro – ele era dramaturgo – e contos. Se é o livro que você quer, depende da edição, mas o título talvez seja algo como 'Melhores contos', 'Coletânea de contos', ou algo assim. Qual o seu interesse nesse conto? Você quer o livro?"

"Não precisa. É só que achei bonito."

Mas a resposta era só meio verdadeira.

No dia seguinte, quando a casa dos Gusmão Campelo ficou vazia — Antenor no trabalho, filhos na escola e Eurídice às compras —, ela se pôs a limpar os livros da imensa estante que ficava na sala. Todos os meses ela tinha que limpar cada um deles, primeiro um pano úmido e depois outro seco nas capas, lombadas e bordas.

Ocorre que, daquela vez, Maria das Dores não se limitava a passar os panos enquanto pensava em algum de seus muitos problemas ou em outra coisa qualquer. Agora, ela lia o título e o nome do autor de cada livro que limpava. Não demorou a entender que os livros estavam organizados em ordem alfabética do sobrenome do autor. Quando percebeu isso, parou a limpeza, checou uma vez mais o papel que o bispo lhe dera e foi buscar a região da estante que tinha livros de autores cujos sobrenomes começassem com a letra T. Não demorou a encontrar três livros de Tchekhov: *A dama do cachorrinho*, que julgou tratar-se de um livro infantil, *A gaivota* e, finalmente, *Contos*. Abriu o último, procurou no índice. Estava lá, "A aposta".

Terminou sua tarefa e foi dar conta de outras.

Sabia que a patroa seria a primeira a retornar. Conhecia seus hábitos.

Quando chegava em casa, Eurídice largava o que tinha nas mãos sobre a mesa da sala de jantar e, antes de qualquer outra coisa, sentava-se ao sofá, sempre no mesmo lugar. Tirava os sapatos e ali ficava por alguns minutos, parada, ao mesmo tempo descansando e dando asas a sua apatia. Das Dores sabia disso porque nessas ocasiões ela era muitas vezes chamada pela patroa, que queria um copo d'água ou um cafezinho.

Então, dando curso ao que planejara, pegou o livro de Tchekhov, abriu-o na página inicial do conto "A aposta" e deixou-o aberto, virado para baixo, no exato local em que Eurídice costumava sentar-se.

Naquela noite, da cama, Maria das Dores voltou a ouvir a conversa dos filhos.

Luisinho contava a José e André que a professora de português, Dona Dinorá, pedira a eles que fizessem uma redação sobre as viagens espaciais. E, para motivá-los, leu uma notícia de jornal que dizia que a Rússia havia vencido a corrida contra os Estados Unidos e colocara o primeiro homem no Espaço, em órbita da Terra.

"Foi um cosmonauta", disse Luisinho, explicando que os russos chamavam de cosmonautas e o que os americanos chamavam de astronautas.

"Ele é o primeiro homem que saiu da Terra e foi lançado ao Espaço. O nome dele é Yuri Gagarin. Ele subiu no foguete, deu uma volta inteira na Terra em menos de uma hora e meia e depois desceu."

Contou a eles que a Dona Dinorá dissera que esse voo provara que qualquer viagem espacial era possível e que, no futuro, os homens viajariam para a Lua, que era mais perto, depois para Marte e depois para qualquer outro lugar. Eles poderiam acompanhar tudo aquilo.

Os irmãos adormeceram convencidos de que, quando fossem grandes, poderiam morar no planeta que escolhessem.

No dia seguinte, Maria das Dores serviu o café da manhã aos patrões e observou a rotina normal da casa, Antenor saiu para o trabalho, e as crianças foram para a escola.

Mas não ouviu os barulhos normais de Eurídice, que, geralmente, se arrumava para sair. Então, foi até à sala e deu uma espiadinha.

Eurídice estava lá e estava lendo. No local do sofá em que se habituara a sentar, ela encontrara um livro aberto e, mesmo estranhando, decidira "dar uma olhada" nele. A "olhada" duraria várias horas.

No dia em que Luisinho completou 14 anos, Maria das Dores chamou-o. Deu um beijo no filho e pediu desculpas a ele por não ter dinheiro para lhe dar algo bonito, mas explicou que isso não significava que ela não tinha um presente. Entregou ao filho uma caixinha bonita embrulhada em papel de presente, encontrara ambos em ótimo estado no lixo da sala da casa de Eurídice.

Luisinho agradeceu e abriu o presente devagar. Reconheceu imediatamente o relógio de Joaquim e a velha pulseira de couro.

"Era do seu pai", disse Das Dores, "quem deu a ele foi o pai dele, seu avô. Joaquim o ganhou no dia em que completou 14 anos. Como você, hoje."

Luisinho olhou o relógio por algum tempo. Sabia como dar corda, havia observado Joaquim fazê-lo inúmeras vezes. Depois de colocá-lo contra o ouvido e certificar-se de que estava funcionando, acertou a hora e pôs no pulso. Então, olhando fixamente nos olhos da mãe, perguntou.

"Era do meu pai, mãe?"

Das Dores compreendeu a ambiguidade da pergunta e, mesmo insegura quanto a aquilo ter sido proposital, sentiu seu coração apertar-se. Não era justo que seu filho carregasse essa dúvida. Passou a mão no rosto de Luisinho enquanto lhe devolvia o olhar. Estava crescido, já tinha um buço visível. Mais de uma vez ela notara e mais de uma vez procurara enganar-se, não, não era aquilo. Mas era. Estava ali. Os traços do filho reproduziam com nitidez a imagem que ela guardava de Seu Manuel. Deu um beijo em seu rosto e respondeu,

"Era, filho. Era de Joaquim."

Capítulo 13

Feliz

Maria das Dores continuava a aproveitar a meia hora de caminhada entre a Vila Isabel e a Tijuca para pensar na vida.

Naquele dia bonito de maio, com a temperatura amena e um lindo sol ainda nascendo, pensava que tinha razões para sentir-se satisfeita, tinha de admitir que seus problemas, agora, eram menores.

Eurídice virara uma devoradora de livros. A "Eurídice que lia muito" sucedera a "Eurídice que tinha uma irmã", que por sua vez sucedera a "Eurídice costureira para fora", que, pelo que Maria das Dores ficou sabendo, pois essa parte ela não acompanhou, sucedera a "Eurídice cozinheira". Ainda, pela observação de Maria das Dores, nos intervalos entre essas quatro Eurídices havia sempre a mesma Eurídice, entristecida, entediada, apática, perseguida por seus demônios

"Mas talvez não mais", pensava Maria das Dores.

A julgar pela história que ouvira Luisinho contar ao irmão, o interesse pela leitura dura muito tempo, talvez para sempre. E tinha outra coisa boa. A "Eurídice que lia muito" não parecia ser um problema para ninguém naquela casa. Antenor e os filhos se acostumaram e não reclamavam dos longos períodos de recolhimento de Eurídice ao escritório onde ela lia e, eis algo que Das Dores não previra, também escrevia. Comprara uma máquina de escrever e passava parte do dia teclando nela, e Maria das Dores acompanhava o barulho enquanto andava pela casa, cumprindo suas tarefas.

Chegou a comentar com os filhos.

"Dona Eurídice está escrevendo um livro."

Eles não demonstraram qualquer interesse. Só José disse algo: "É?".

O bem-estar de Eurídice era importante para Maria das Dores, também porque assim ela reclamava menos, mas não só por isso. Afeiçoara-se à patroa. Pelo menos um pouco. Eurídice sabia ser uma peste, mas era generosa. Além disso, Das Dores identificara suas fragilidades, angústias, seus duelos com os limites que lhe eram impostos pelos papéis que cumpria de mulher, dona de casa, esposa e mãe.

Maria das Dores concluía tudo isso sem saber que concluía tudo isso, mas, soubesse ou não, o resultado era o mesmo. Tinha alguma pena daquela mulher que tinha tudo...

Notara também que a prosperidade dos Gusmão Campelo ganhara impulso nos últimos tempos. Ouvira algo a respeito de uma promoção de Antenor no banco, era uma coisa grande, não compreendera direito, mas percebia pelos novos eletrodomésticos e por outras evidências que a família atingira um novo e mais elevado patamar de poder aquisitivo.

Havia até aquela conversa de mudança para Ipanema, que a preocupava. Era um dos bairros mais chiques do Rio de Janeiro, talvez o mais chique, mas era longe, muito longe, seria totalmente impossível ir a pé. Paciência, iria de ônibus.

Eurídice também mencionara, num jantar, a ideia de matricular-se em um curso superior. Voltaria a estudar. Das Dores tirava a mesa em silêncio, mas teve a curiosidade de observar disfarçadamente a reação de Antenor e dos filhos Os três ficaram olhando para Eurídice sem dizer nada.

Do seu ponto de vista, as coisas também estavam melhores. Agora, eram dois os filhos cursando o ginasial noturno, José havia ingressado naquele ano. Os dois trabalhavam durante o dia e, mesmo que os salários fossem uma miséria, junto com o dela significavam uma folga financeira inesperada e até alguma prosperidade também para os Santos Menezes e os Menezes Gomes.

Tudo isso contribuía para o lento, mas contínuo brotar de uma ideia que germinara na cabeça de Maria das Dores. A saudade tinha apertado, queria voltar ao Barro Preto, rever a família, sua irmã Elza.

Não que essa ideia jamais houvesse passado pela cabeça, pelo contrário, pensava nisso com frequência, especialmente nos primeiros dias em que Dona Chiquinha a mandara "à rua", ainda que soubesse que o combinado sempre fora aquele. À época, a ideia esbarrava na vergonha de rever a família com uma criança, o que demandaria explicações que ela relutaria em dar. Além disso, se voltasse, precisaria responder a si mesma: "Então, por que fugiu? Não era melhor ter ficado por lá?".

Depois, bom, depois surgiu Joaquim, depois José, depois André, de repente ela tinha a sua própria família. Também durante esses anos teve vontade de voltar, falava de seus familiares a Joaquim, que conhecia todos pelo nome, e às vezes ele mesmo, brincando, perguntava:

"O que será que a Elza está fazendo agora?"

Nunca passou despercebido a Das Dores que a pergunta real era outra: "Você quer falar sobre eles, contar tudo, falar sobre aquilo?".

Ria e fazia-se de rogada, gesto que também tinha a sua verdade embutida.

"Não, ainda não."

Mas as coisas haviam mudado e, nesse período de calma, Maria das Dores conseguia perceber isso com mais clareza. Agora ela era uma viúva com três filhos, dois deles trabalhando e estudando, tinha até algumas economias. Podia voltar ao Barro Preto com uma história para contar, não precisava contar tudo, ninguém conta. Mas ainda não sabia como lidaria com a parte de Luisinho e de Seu Manuel.

"Quem sabe ele não morreu?", pensava, e ao mesmo tempo desejava isso, para depois concluir que a morte de Seu Manuel ajudava, mas não resolvia tudo.

Chegou à casa dos patrões. Começava mais um dia sempre igual na vida de Maria das Dores. A primeira coisa seria ferver a água para o café.

Sentia-se feliz.

Capítulo 14

Triste

Alguns meses depois, sentia-se triste, muito triste.

Em pé, no ônibus lotado, o primeiro de dois, num trajeto cujo tempo total podia passar de duas horas, sofria com o calor, mesmo à noite. A poeira que entrava pela janela escancarada a fazia tossir e, quando isso ocorria, a vibração do corpo aumentava as dores nas pernas.

Maria das Dores retornava a sua casa em Vila Isabel, agora definitivamente, e pensava no quanto se enganara quando lhe ocorreu que as coisas pareciam ir bem.

Os Gusmão Campelo se mudaram para Ipanema antes do que ela imaginava. O apartamento tinha um quarto para ela. Bom, sim, era um quarto, tinha até um banheiro ao lado, mas no quarto só cabia a cama que ela montava na hora de dormir e depois de ter fechado a porta, pois, de outra forma, não havia como montá-la, e mais nada. Eurídice esperava que ela dormisse lá e ela até o fazia, de vez em quando. Os filhos estavam grandes e podiam perfeitamente dormir sozinhos. Mas não sempre.

Então, duas ou três vezes por semana voltava para a sua casinha em Vila Isabel. Não apenas por isso, mas também, aliás, porque descobrira que, nos dias em que dormia em Ipanema, sua jornada de trabalho só terminava depois que Antenor, Eurídice e os filhos estivessem dormindo e, no dia seguinte, começava antes de qualquer um deles acordar.

Eurídice não a proibia e nem fazia cara feia nos dias em que Maria das Dores lhe dizia que não dormiria lá, apenas exigia os mesmos padrões estabelecidos na Tijuca. Chegar a tempo de servir o café e sair depois de lavar os pratos do jantar.

Tudo isso era ruim, muito ruim, mas havia algo pior, muito pior.

Era Afonso. O menino que ela ajudara a criar desde pequeno descobrira seus hormônios. Descobrira que eles inchavam o seu pênis e que isso exigia alívio. Descobrira que o alívio era bom e ficava melhor se praticado sobre uma mulher. E, como muitos outros meninos brancos de classe média naqueles anos 1960, assim como nas muitas décadas que se seguiriam, e assim como em todos os anos, de todos os séculos passados em que houvesse um menino numa família branca na qual trabalhasse uma escrava ou uma empregada negra, Afonso achou natural, apenas natural, que seu alívio fosse praticado sobre a escrava ou a empregada negra da família.

Perplexa, incrédula, Das Dores usou de sua autoridade para repelir as abordagens do menino, um aprendiz de Seu Manuel. Conseguiu, por um tempo, especialmente na Tijuca, mas a mudança para Ipanema quebrara referências, não seria para sempre. Quando, já perto do desespero, ameaçou contar a Antenor, disse que o pai ia descobrir, Afonso ainda a ameaçou.

— *Vai nada. E, se ele descobrir, você perde seu emprego.*

Numa dessas ocasiões, na tentativa de repelir a investida do garoto, já maior e bem mais forte do que ela, que era uma mulher pequena e franzina, Maria das Dores levou um tombo feio e machucou a perna.

Nos dias e semanas seguintes, trabalhou coxa, sua mobilidade estava prejudicada. Se houve uma coisa boa nisso foi que Afonso afastou-se dela. Por quanto tempo, não sabia.

Mas, se Afonso afastou-se, Eurídice aproximou-se.

O pó sobre a geladeira, que a patroa nunca vira, chamou sua atenção. Mais atenta, reparou na perda geral de qualidade e eficiência no serviço da casa. Aquilo era inadmissível.

Foi ter com Das Dores, que disse pouco. "Sim, doía", "não, ela não sabia", "não, não estava tomando nada".

Eurídice preocupou-se.

Com a casa.

Fez alguns contatos, conseguiu uma consulta médica para Maria das Dores. Era no fim do mundo, bem para lá de Vila Isabel e, coxa ou não, ela tinha que ir e voltar para trabalhar naquele mesmo dia.

Foi, fez a consulta, o médico disse que não havia fratura, passou remédio, indicou repouso.

Maria das Dores voltou para o apartamento de Ipanema.

"Vai ter que operar."

Eurídice ouviu sem fazer qualquer comentário.

Dias depois, Eurídice foi generosa ao entregar a Maria das Dores a sua indenização. Estava demitida.

Faltavam poucos dias para a terça-feira, 31 de março de 1964.

Capítulo 15

Aurora e André, São Bernardo do Campo, 1979

"Valeu a pena ler este livro, disse Aurora."

André estava entre as cerca de vinte pessoas que acompanhavam as reflexões que Aurora fazia a respeito de um livro recente que andava muito comentado. O autor era o falecido General Olímpio Mourão Filho e o título era *Memórias: a verdade de um revolucionário*.

Só alguns dos presentes sabiam que Aurora era uma militante do então ilegal Partido Comunista do Brasil (PCdoB) que por acaso escapara ilesa de uma emboscada montada pela polícia em dezembro de 1976.

O Comitê Central do PCdoB estava reunido clandestinamente em uma casa no bairro da Lapa, em São Paulo, quando ela foi invadida. Três dirigentes foram assassinados ali mesmo, outros dirigentes e militantes foram presos e, seguindo as práticas consideradas normais, barbaramente torturados.

Aurora estaria entre eles, não tivesse sido enviada numa missão: comprar cigarros para todos. Quando retornou, viu os carros da polícia e ouviu a balbúrdia que se passava na casa. Então, seguiu o protocolo e passou por ela tão serenamente quanto conseguiu, como se seu destino fosse outro qualquer. Ela acreditava que o saco de compras da padaria ajudara no disfarce, não dava pra ver que só continha cigarros. Sabia também que dispunha de um trunfo. Sua negritude era um segundo disfarce. A polícia matava negros em grandes quantidades, mas de outro jeito e em outro ambiente. Comunismo era coisa de intelectual branco de classe média.

O governo celebrou a presumida extinção do PCdoB, e Aurora, até por falta de opção, decidiu manter-se discreta pelo tempo necessário, aguardando algum contato. Passados mais de dois anos, quando começava a imaginar que o governo tinha razão, aconteceu.

O Partido estava vivo, realizara uma Conferência Nacional no exterior e uma das resoluções dessa conferência era sobre a necessidade de aumentar o recrutamento partidário entre o proletariado urbano.

Era essa justamente a missão que ela cumpria naquela noite, angariar novos integrantes para o Partido. Os presentes, jovens por volta de seus 20 anos, haviam sido convidados por militantes do partido dentre seus conhecidos que pareciam ter algum tipo de inclinação esquerdista ou, simplesmente, contrária à ditadura. Os novatos seriam observados durante algumas reuniões — o risco de haver alguém infiltrado era imenso — e os selecionados seriam convidados a se filiar ao Partido.

"Em primeiro lugar, vamos falar um pouco sobre o autor", ela disse.

Aurora considerava Mourão um personagem subestimado quanto à sua importância na história do Brasil do século XX.

"Ele teve papel fundamental em dois episódios que marcaram o século e dividiram-no em três períodos de comprimentos quase idênticos. O primeiro foi em 1937 e diz respeito ao Plano Cohen, um documento que descrevia uma conspiração judaico-marxista que supostamente pretendia derrubar o então presidente Getúlio Vargas e implantar o comunismo no Brasil.”

Aurora explicou aos presentes que o texto havia sido escrito pelo então Capitão Mourão, conforme ele mesmo admitiu, quando chefiava o serviço secreto da AIB, Ação Integralista Brasileira. O que Mourão alegava era que o propósito do documento era outro, que não o de sua divulgação.

De qualquer forma, crendo-o verdadeiro ou sabendo-o falso, o Chefe do Estado-Maior do Exército, General Góis Monteiro, o tornou público como se verdadeiro fosse. E logrou êxito no seu intento, já que, dias depois, Getúlio Vargas deu ordens para o Exército cercar o Congresso Nacional e instalou o Estado Novo, um regime autoritário que duraria oito anos.

Todos a acompanhavam em silêncio.

“O segundo episódio data de 31 de março de 1964 e diz respeito ao golpe que instaurou a ditadura em que vivemos hoje.”

Explicou que o livro era em grande parte baseado em um diário que Mourão mantivera e que fazia parte do texto. Passou a discutir o diário dividindo-o em intervalos de tempo e refletindo sobre cada um deles.

Ao término, registrou.

“A leitura do diário de Mourão nos mostra que ele era um homem extremamente ressentido. Em diversos episódios, o que se vê é o relato de alguém que se sentia perseguido e diversas vezes traído, como no episódio do Plano Cohen. Há outros. Isso se nota também pelas palavras muito duras que ele emprega para com seus desafetos, que eram muitos e quase todos também militares. O General Dutra, por exemplo, que foi Presidente da República, é tratado por ele como alguém 'abúlico' e 'analfabeto'."

Em seguida, perguntou:

"E por que isso é tão importante para entendermos o golpe de 1964?"

Ela mesma respondeu.

"O livro mostra as iniciativas em curso nas semanas que antecederam o dia 31 de março. Havia intenções golpistas, mas também havia, ainda, muita hesitação. As iniciativas não estavam maduras e nem suficientemente organizadas. Não havia consensos, tampouco um líder aceito por todos. Mourão participava dessas discussões apenas marginalmente, como o próprio livro dele deixa claro, mas ele se julgava um protagonista, ou melhor, queria ser um protagonista. E ele estava preocupado com o fato de que dali a poucos dias passaria à reserva. Antecipava um fim melancólico para a sua carreira se nada acontecesse antes disso. Estava, portanto, muito ansioso."

Aurora fez uma pausa e notou que todos prestavam atenção em suas palavras. Acrescentou:

"A leitura do livro mostra que foram os rancores e as ansiedades de um homem, Mourão, que o levaram a ordenar às tropas de Juiz de Fora, que ele chefiava, a se deslocarem para o Rio de Janeiro com o objetivo de cercar o Palácio das Laranjeiras, onde se encontrava o presidente João Goulart. Ele deu essa ordem sem combinar com ninguém e sem a autorização de ninguém. Foi, portanto, uma decisão individual, tomada na madrugada do dia 31 de março de 1964. Muitas coisas diferentes poderiam ter acontecido, era impossível antecipar as consequências desse gesto. Acabou sendo um golpe, mas começou como o capricho de um louco."

Aurora se entusiasmava.

"Poderia ter havido uma guerra civil, por exemplo. Mourão sabia disso, pois, em seu livro, ele escreve diversas vezes que sabe que vai morrer, que está disposto a morrer. Mas o presidente João Goulart, por razões sobre as quais ainda cabe muito debate, pois não estão de todo claras, escolheu não lutar. E ele poderia tê-lo feito, se quisesse, pois dispunha de muitos militares leais a ele."

Ela fez mais uma pausa para tomar fôlego e prosseguiu.

"Não é fácil entender a opção de Goulart. Há quem creia que ele aceitou a derrota para evitar derramamento de sangue. Se foi isso, houve algo que ele não previu e que foi muito danoso para os que o apoiavam. A história do Brasil ao longo do século XX é a história de muitos golpes bem ou malsucedidos, mas a tradição era a de que os derrotados eram tratados com dignidade pelos vencedores. Juscelino, por exemplo, não hesitou em anistiar os militares da Aeronáutica que tentaram derrubá-lo em Jacareacanga. Já os golpistas de 1964 foram cruéis. Especialmente, aliás, com os militares legalistas, que apoiavam Goulart e defendiam a Constituição. Nos dias que se seguiram ao golpe, centenas de militares, inclusive generais, almirantes, brigadeiros e oficiais generais leais a Goulart foram depostos de seus cargos, alguns foram presos, houve tortura e assassinatos. E o que se seguiu, e perdura até hoje, foi uma perseguição sistemática e sem qualquer precedente. Pessoas que ocupavam cargos públicos obtidos por concurso foram expulsas desses cargos e impedidas de trabalhar. Ou seja, os golpistas de 1964 inauguraram no Brasil uma divisão do tipo 'nós' contra 'eles'. Uma divisão desse tipo não se desfaz em pouco tempo, ela tem lastro, dura muito, pode até sumir por um tempo, e então reaparecer. Divide uma nação. Às vezes, para sempre."

Então concluiu:

"Talvez Mourão seja uma espécie de Gavrilo Princip brasileiro às avessas".

Aurora referia-se ao jovem estudante anarquista que matou o arquiduque Francisco Fernando, herdeiro do trono do Império Austro-Húngaro, episódio que acabou por precipitar a 1ª Guerra Mundial.

"Já ouviram falar dele? Alguns historiadores o consideram a mais importante figura do século XX, pois seu gesto individual e tresloucado, como o de Mourão, acabou por desencadear uma guerra gigantesca que teria por consequência outra ainda maior. Ambas seriam responsáveis por forjar a nova ordem mundial que se estabeleceu na segunda metade do século XX. Gavrilo não sabia que podia causar uma guerra, mas causou. Já Mourão sabia que podia, mas ela não aconteceu."

Aurora enfim chegou ao ponto que queria.

"O gesto de Mourão foi considerado amalucado até por generais que viriam a ter papel importante no governo da ditadura. Há indícios de que Castelo Branco, por exemplo, tentou abortar a operação. E a atitude de Mourão, por ter sido intempestiva, acabou criando um problema. Foi um golpe sem script, sem planejamento, sem liderança. Quase por acaso. Tanto assim que o primeiro gesto formal dos golpistas, que foi o Ato Institucional Número 1, o AI-1, só foi publicado mais de uma semana depois, no dia 9 de abril."

E emendou:

"Aliás, o AI-1 é outro documento que é fundamental ler. Os paradoxos da tentativa de dar legalidade ao que ilegal era são absolutamente gritantes. Falaremos sobre ele em uma outra ocasião." Decidiu que aquela era uma boa hora para um intervalo. "Vamos dar uma pausa? Na volta fazemos um debate."

Formou-se uma pequena fila de pessoas que queriam falar com Aurora, André postou-se propositadamente ao fim dela. Ele era o único negro do grupo, além dela, e um dos poucos que também haviam lido o livro.

Quando chegou sua vez, disse:

"Você mencionou que Mourão usava palavras duras com seus desafetos. Eu anotei algumas."

E mostrou suas anotações a Aurora.

Um dos muitos desafetos de Mourão era o General Aguinaldo Caiado de Castro. André havia sublinhado algumas referências de Mourão ao General Caiado de Castro.

"Veja esta: *O negro sem vergonha entrou atrasado*. E esta: *Em resumo, esfreguei o negro na parede*".

Havia outras.

Aurora viu as anotações de André e ficou olhando para ele, que ficou olhando para ela.

Ela achava que não adiantava falar desse assunto com os outros. Não ali, naquele grupo.

“Eles não fazem nenhuma ideia, meu caro.”

Pensou por um momento, hesitou em misturar as coisas, acabara de conhecê-lo. Decidiu correr o risco.

“Mas eu faço parte de outro grupo, do Movimento Negro. Quer participar? Também lemos livros e, por coincidência, é a minha vez de apresentar o livro lido. Vou falar sobre ‘Genocídio do Negro Brasileiro’, de Abdias Nascimento.”

“Abdias Nascimento?”

“Isso. Você leu?”

“Ainda não. Mas meu pai era amigo dele.”

“Amigo do Abdias? Você precisa me contar mais sobre isso.”

Capítulo 16

Dandara, Guarulhos, 2010

"Você fez muito bem em protestar", disse André à filha.

Eles falavam sobre a intervenção que Dandara fizera, e agora narrava ao pai, numa discussão que ocorrera na Universidade Federal de São Paulo, onde ela cursava Filosofia.

A disciplina em que o debate ocorrera fora a de "Introdução ao Direito e à Administração Pública". Estudavam a estrutura do governo e, quando chegou na parte da história da criação do Ministério da Defesa, a professora tentou, mas não conseguiu impedir que a discussão descambasse para as apreciações dos méritos ou ausência deles na ditadura que governara o país entre 1964 e 1985.

Dandara acompanhava atenta a defesa que um aluno fazia do regime do período.

"É mentira essa história de que a Revolução instalou uma ditadura. O que ela fez foi impedir outra. Também é mentira que cometeu assassinatos. Era uma guerra e a violência foi necessária, ou os terroristas de esquerda teriam acabado com o país."

Dandara interveio.

"Não é verdade. Os golpistas começaram as violências e as arbitrariedades assim que se deram conta de que tinham conquistado o poder com um golpe mal planejado e que foi quase por acaso. No dia 1º de abril, o prédio da UNE foi invadido, saqueado e queimado. Não havia guerra nenhuma, era violência pura e unilateral. No dia seguinte, Gregório Bezerra, um dirigente de esquerda, foi acorrentado atrás de um carro que o arrastou pelas ruas do Recife. Foi torturado barbaramente na frente de centenas, talvez milhares de pessoas. Tem fotos na internet, qualquer um pode encontrar."

Sentiu os olhos marejarem, mas manteve-se firme.

"E também posso dar um depoimento pessoal. Poucos dias depois do golpe, assassinaram Luís dos Santos Menezes, que nunca foi terrorista e talvez tenha morrido sem sequer saber o que era terrorismo. Ele tinha 16 anos e era o irmão mais velho do meu pai. Era meu tio Luisinho."

Capítulo 17

Luisinho

Quando filhos e netos perguntavam a Maria das Dores qualquer coisa a respeito do golpe de 1964, a resposta dela era sempre a mesma.

"Eu nem fiquei sabendo. Dona Eurídice tinha me demitido do emprego poucos dias antes, eu estava pensando no que fazer. Tinha decidido que ia falar com Dona Isadora, mas não sabia se queria procurar outro emprego no Rio de Janeiro. Eu já estava pensando em voltar para o Barro Preto."

Ela explicava que, do ponto de vista dela, não havia nada parecido com esse clima tenso que os jornais citam quando se referem às primeiras semanas de 1964.

"Eu levava a minha vida, trabalhava para Dona Eurídice nos dias da semana e em casa nos fins de semana. Nunca notei isso que falam de muita bagunça, arruaça, nada disso."

Enfim, Maria das Dores não se lembrava de nada. Ela dizia que Dom Helder Câmara falava alguma coisa nas reuniões do grupo, alertava para "grandes perigos" que o Brasil corria, mas Maria das Dores confessava que não acompanhava bem essa parte da reunião, que lhe interessava menos. O bispo pedia que rezassem para o bem do Brasil, "que corria enormes riscos", e ela até rezava, quando lembrava. Mas era só isso.

"Até que invadiram a escola."

Aquela noite de abril de 1964 transcorria normalmente no ginásio noturno do subúrbio do Rio de Janeiro, onde o interesse pelo que se passava na política de Brasília, que ninguém sabia direito onde ficava e contra a qual havia certo mal-estar, pois a cidade tirara do Rio de Janeiro o título de Capital Federal, era, no máximo, moderado. Quando muito.

Era a hora do intervalo, os estudantes estavam espalhados pelo pátio, nas proximidades do barzinho, alguns estavam na quadra, jogando futebol com tampinhas de refrigerantes.

Luisinho não estava entre os que notaram a chegada da polícia – não que eles tivessem procurado ser discretos – pois mantivera-se na sala de aula, onde lia o livro que retirara da biblioteca da Professora de Português, Dona Dinorá.

Quando ouviu o alarido, contudo, percebeu que alguma coisa muito diferente estava acontecendo e saiu para o corredor. Viu um outro menino que corria para a escada.

"É a polícia, vem ver, estão dizendo que vieram buscar um professor."

Luisinho ficou curioso e desceu atrás. Havia uma multidão aglomerada na saída do corredor onde ficava a sala dos professores. A multidão era contida por policiais militares que mantinham a entrada do corredor livre. Um deles, que portava uma arma no braço levantado, para que todos a vissem, estava muito nervoso e agitado, empurrava quem fosse para manter o caminho livre e gritava sem parar:

"Afasta, afasta! Para trás, para trás!"

"O chefe deles entrou aí faz poucos minutos", Luisinho ouviu alguém dizer.

Forçou caminho, chegou mais perto, queria ver o que acontecia. Já estava quase na fila da frente, aquela que o policial agitado pressionava para manter o caminho livre, quando ouviu o chefe, que era um tenente, gritar de lá de dentro.

"Sai, sai todo mundo da frente que estamos passando!"

E viu quando ele e mais dois policiais apareceram na saída do corredor. Segura pelos braços, entre eles, vinha a professora Dinorá.

Muitos anos se passariam antes que os arquivos da ditadura fossem abertos e apontassem que a Professora Dinorá fora denunciada pelo professor Orlando, de História do Brasil.

Ex-integralista e membro fundador de uma instituição radical de extrema-direita no Brasil, a TFP, Sociedade Brasileira de Defesa da Tradição, Família e Propriedade, Orlando usara de seus contatos para delatar "a incansável doutrinação marxista da professora Dinorá, que obriga os alunos a lerem autores russos, prega a superioridade tecnológica da União Soviética sobre os Estados Unidos e procura incutir nas crianças indefesas o germe do bolchevismo ateu que agride e contraria as melhores tradições cristãs da sociedade brasileira".

A denúncia fora acolhida, e a polícia vinha buscar Dona Dinorá "para depoimento".

Dona Dinorá caminhava com dificuldade sob a pressão dos corpos dos policiais que a cercavam e, embora se mantivesse altiva, Luisinho viu que tinha uma lágrima nos olhos. Viu medo também.

Nunca ninguém soube o que deu no menino.

Talvez tenha se inspirado na história que ouvira de Joaquim sobre aquele negro valente, de nome estranho, que não aceitara a proibição de entrar pela porta da frente de um bar, em certo dia de Carnaval, havia muitos anos, no Rio de Janeiro. O ato lhe custou caro, mas ele angariou um merecido e eterno respeito.

Talvez tenha sido a história que ouvira da mãe sobre o outro José, o pai de Joaquim, que não conhecera, que se interpusera diante de uma situação de ameaça e salvara alguém que mal conhecia, ação que lhe valera um corte de navalha ao qual ele não resistira.

Ou talvez não tenha sido nada disso.

Talvez tenha sido só porque era ela, porque era a Professora Dinorá, a única que ele citava em casa, um pouco porque queria repetir as coisas que ouvia dela e muito porque queria dizer aquele nome, queria ouvir o nome dela dito por ele, em voz alta, dona Dinorá, professora Dinorá.

Ou talvez ainda, tenha sido porque no rosto dela havia uma lágrima.

O fato é que Luisinho rompeu a barreira, interpôs-se entre os policiais, abraçou dona Dinorá e gritou apenas:

"NÃO!"

A surpresa do gesto fez com que todos se paralisassem. Foi por muito, muito pouco tempo, apenas alguns segundos. Mas eles seriam suficientes para que todos os alunos guardassem para sempre na memória aquela cena do jovem abraçado à professora, policiais afastados, perplexos.

E da professora que correspondeu ao abraço.

Um dos militares pegou Luisinho pelo braço. Ágil, o garoto livrou-se com um safanão, o militar tropeçou e caiu, Luisinho gritou novamente:

"NÃO!"

Foi quando aquele militar nervoso e agitado, completamente fora de controle, puxou-o pelo braço esquerdo e, com a arma que portava na mão direita, deu-lhe um tiro no peito, à queima-roupa.

O som do tiro provocou o pânico. A multidão recuou, muitos gritavam, houve quem ameaçasse uma revolta que foi abafada com vários outros tiros para cima.

O tenente, que ia à frente, voltou correndo:

"O que foi? O que foi?"

Viu o corpo do jovem caído. A professora Dinorá debruçara-se sobre ele, mas já voltava a ser contida pelos dois policiais que Luisinho afastara dela.

O tenente olhou para o policial com a arma:

"O que você fez?"

E ajoelhou-se sobre o menino.

Assustara-se quando vira de longe aquele corpo caído. Quando chegou mais perto, identificou os traços. E também viu aquele menino que corria na direção deles:

"É meu irmão! Luisinho! É meu irmão!"

Fez sinal para que o impedissem de se aproximar.

O tenente levantou-se, voltou-se para o policial armado, que parecia confuso com o que fizera, e lhe disse em voz baixa.

"Você tem muita sorte. Se fosse um branquinho...."

A fortaleza de Maria das Dores que, em outras circunstâncias, inclusive na morte de Joaquim, a impedira de derramar uma única lágrima, não resistiu à notícia da perda do filho. Teve acessos intermitentes e violentos de choro desde o momento em que recebeu a notícia até o término do enterro, que acompanhou amparada por José e André.

Os filhos se mantiveram o tempo todo a seu lado. Muitos alunos e alguns professores do ginásio estiveram presentes. Quem também foi ao velório, mas não pôde ficar para o enterro, foi Dom Helder. O bispo estava sendo transferido — expulso, seria o termo mais adequado — e isso lhe impunha compromissos aos quais ele absolutamente não podia faltar. Deixaria o Rio de Janeiro nos próximos dias para assumir uma função em Pernambuco.

Quando se despediu de Maria das Dores, Dom Helder lhe disse:

"Tenho um almoço marcado com o General Castelo Branco, ele poderá vir a ser o novo Presidente do Brasil. O tema do almoço será a preocupação dos Bispos do Brasil com a violência generalizada que está sendo praticada em todo o país desde a queda do Presidente João Goulart. Vou contar a ele o que fizeram com seu filho."

Maria das Dores ouviu e olhou nos olhos do bispo por alguns instantes. O que queria lhe perguntar era: "E de que me serve isso, Dom Helder Câmara?". Mas conteve-se, e agradeceu.

Quando o coveiro deu por terminado o serviço, contudo, Maria das Dores sentiu que as comportas se fechavam. Não haveria mais choro. Baixinho, como quem rezasse, com muita calma e serenidade, Maria das Dores amaldiçoou, primeiro, a vida. Depois, o Deus de Dom Helder Câmara.

Admitia assim, para si mesma, que jamais aceitara aquele Deus que era ao mesmo tempo Pai e Filho – tinha um outro, ficava ainda mais difícil de entender – e que o Filho sofrera e morrera para lhe salvar.

"Que tipo de Pai faz aquilo com o Filho?", pensava. "Não, obrigada", ela não queria que alguém sofresse daquele jeito para salvá-la. Nunca entendera a necessidade disso, nem exatamente por que ou de que ela precisava ser salva.

Finalmente, amaldiçoou a cidade do Rio de Janeiro, que, de alguma forma, identificava como a responsável por levar-lhe, antes, Joaquim e, agora, Luisinho.

Ela voltaria para o Barro Preto. Deixaria o Rio tão logo que possível e, jurou, jamais retornaria.

Assim o fez.

Capítulo 18

Adeus ao Rio

Maria das Dores despediu-se de Rosália num sábado à tarde. Ela andava tão avessa a tudo e a qualquer contato pessoal que pensou até em pular essa etapa, mas depois achou que não ficava bem. Faria as coisas direito. A verdade, entretanto, é que nunca se aproximara daquela cunhada que agora trabalhava como faxineira em um supermercado no Meyer, onde também morava. Nos últimos anos de vida, Joaquim se distanciara da irmã. Não moravam perto, pouco se viam e não compartilhavam interesses.

Foi sozinha e ficou pouco tempo. Rosália também estava só, Quinzinho havia saído. Tomaram um café.

Quando imaginou de quem mais gostaria de se despedir, só se lembrou de Dona Isadora. Foi visitá-la na pensão, e achou-a envelhecida. Emocionou-se ao rever o quarto que ela e Joaquim ocuparam durante os primeiros meses em que moraram juntos e que estava "igualzinho ao que era".

Dona Isadora estava ocupada, a pensão estava cheia, não pôde lhe dar muita atenção. Mas, quando se despediram, disse-lhe:

"Você é só uma menina, e já viveu tanto."

Maria das Dores voltou para casa pensando que de fato era assim. Dali a alguns dias, completaria 30 anos. E já vivera tanto.

Numa noite fria de uma sexta-feira do fim de junho de 1964, Maria das Dores, José e André pegaram o ônibus na rodoviária do Rio de Janeiro com destino a Belo Horizonte.

Se dependesse dela, teriam ido bem antes, foi Seu Carmelo, o diretor da escola onde estudavam os filhos, que a convenceu a esperar o final do semestre, argumentando que a transferência de escola seria mais fácil se fosse feita nas férias.

Solidário com o que ocorrera com um de seus alunos, Seu Carmelo ajudou como pôde. Providenciou ele mesmo a documentação dos meninos e entregou tudo a Maria das Dores numa pasta que incluía uma carta assinada por ele.

"As transferências não são fáceis", disse a ela, "há burocracias e falta de vagas. Espero que esta carta facilite as coisas para a transferência dos meninos para uma escola pública de Belo Horizonte."

Nas semanas que sucederam o enterro de Luisinho, Maria das Dores se desfez do que tinha. Vendeu algumas coisas para os vizinhos e doou o pouco que restava para conhecidos do grupo de Dom Helder. Comprou duas malas que nem eram muito grandes e nelas coube tudo o que tinham.

Inclusive o relógio que fora de Joaquim.

3.

De volta a Belo Horizonte

Capítulo 19
Barro Preto, Belo Horizonte, 1964

Chegaram a Belo Horizonte pouco depois do meio-dia.

Maria das Dores deixara a cidade havia dezessete anos, mas ainda se lembrava do caminho da rodoviária ao Barro Preto. Não era longe, iriam a pé, todos ali eram bons de caminhada, e ela se recuperara das dores que sentia por ocasião daquele tombo... Não, ela não queria se lembrar do tombo e do motivo do tombo.

Estranhou tudo pelo caminho. Muita coisa estava diferente na paisagem urbana, ela não reconheceu aquela avenida, "acho que não existia, ou era menor", mas, aos poucos, conseguiu se encontrar. Em pouco mais de meia hora, já via a casa, de longe. A rua também estava diferente, o trânsito de carros era intenso, uma barulheira danada. "Não era assim", pensou.

Na porta da casa, havia um homem em pé. Mesmo à distância, Maria das Dores reconheceu o pai. Seu coração disparou.

Estavam um pouco mais calmos, agora, todos sentados na sala apertada. Eram sete pessoas: Seu Luís, Dona Teresa, Teresinha, Maria das Dores, José, André e aquele menino mais clarinho que aparentava ter a idade próxima à de José e que Maria das Dores ainda não sabia quem era.

Se alguém tentasse descrever a hora que antecedeu esse momento, encontraria dificuldades.

Tudo começou quando Maria das Dores parou em frente ao pai e ficou calada, olhando-o nos olhos. Notou imediatamente que alguma coisa acontecera com Seu Luís. A barba e os cabelos brancos e o rosto envelhecido incomodaram-na bem menos do que aquela boca torta, pendendo para o lado direito do rosto.

Como Das Dores nada dissesse, Seu Luís ficou olhando por alguns instantes para aquela moça e aqueles dois meninos parados na sua frente. Então, deu um grito que foi sucedido por outros sons estranhos, Das Dores tentava entender o que ele falava, mas aqueles sons não produziam palavra alguma, eram só barulho e emoções. Pelo menos, parecia serem boas emoções, pois Seu Luís lhe deu um abraço apertado.

Dona Teresa apareceu, assustada, seguida pela filha Teresinha. Das Dores viu a mãe e viu também algo que não sabia bem dizer o que era. "O que é aquilo na cabeça dela? Um turbante?"

Dona Teresa entendeu tudo na hora, foram mais abraços, choros, José e André estavam assustados. O que acontecia com aquelas pessoas?

Maria das Dores foi bombardeada de perguntas: "Por quê?", "Para onde?", "Como?", "Por quê?", "Por quê?".

Ouviu tudo sem falar muito mais que "Eu te amo", "Mãe", "Que saudades".

Então disse: "Pai, mãe, é claro, a gente vai conversar. Mas eu preciso de algum tempo. Primeiro, cadê a Elza? O João? A Lurdes?".

Fez uma pausa.

"O que aconteceu com o pai?"

Foi Dona Teresa quem respondeu tudo.

E aquela era outra Dona Teresa, muito diferente. Maria das Dores também queria perguntar "o que aconteceu com aquela minha mãe que não usava turbante?", mas decidiu deixar para depois. Agora, ia ouvir quieta.

Bem, era assim.

Lurdes morrera poucos anos "depois que você foi embora". Crianças com aquele tipo de problema não viviam muito mesmo, "ela sabia disso, não?". Não, ela não sabia, mas não interrompeu.

João era metalúrgico e trabalhava no ABC, em São Paulo. O curso técnico que ele completara tinha lhe valido o emprego. Ele estava bem, ganhava um bom salário, casara-se com uma paulista chamada Regina e tinha duas filhas, Célia e Ana. Viera com a família toda a Belo Horizonte no ano anterior, "quando soube o que tinha acontecido com o Luís".

E, bem, o que aconteceu com o Seu Luís fora aquilo ali. Ele tivera "um ataque", "um derrame", usavam palavras diferentes para descrever que o pai um dia tivera uma queda que não fora grave. "Ele nem bateu a cabeça, nem nada, porque não ficou marca nenhuma", disse Dona Teresa repetindo o que ouvira dos médicos. Mas, quando saiu do hospital, tinha a parte direita do corpo semiparalisada e quase não conseguia falar. Estava aposentado.

"Mas ele ainda fala", disse Dona Teresa. "É pouco, mas fala. E entende tudo. Precisa explicar as coisas um pouco mais devagar, mas ele entende. E aprendeu a escrever com a mão esquerda, em letra de forma. Sai feio e eu até preferia que ele não escrevesse, porque é sempre pra pedir coisas ou dar ordens."

Todos riram, e Seu Luís fez mais alguns daqueles sons estranhos. Maria das Dores supôs que ele também riu.

"E você, Teresinha?", perguntou Das Dores.

Ela estava bem, não se casara, sempre morara com os pais.

"Eu cuido deles", disse. O menino era seu filho.

Maria das Dores lembrou-se de como fora tratada por Dona Chiquinha, Filomena e, principalmente, Joaquim. Não fez qualquer pergunta. Não ainda.

"E Elza?"

Elza se casara e morava em Belo Horizonte, mas era longe, lá no Jardim América, mais tarde Teresinha iria à venda que abrira na esquina para ligar para o armazém que ficava perto da casa da Elza.

"É bom que amanhã é domingo", disse Teresinha, "Elza trabalha o dia todo. É empregada doméstica".

"Empregada?", pensou Maria das Dores. "A Elza, empregada? Ela era a melhor aluna do Pedro II!" Mas permaneceu calada.

"Ela está grávida", disse Teresinha. "E já tem três filhos."

Maria das Dores não estranhou. Aquilo era comum. Era até pouco.

"Agora é sua vez, Das Dores", disse Teresinha.

Foi salva por André, que, a propósito ou não, perguntou muito timidamente se tinha "alguma coisa para comer".

Eram mais de três da tarde, ninguém tinha almoçado, Dona Teresa e Teresinha estavam preparando o almoço e tinham deixado tudo na cozinha quando Maria das Dores chegou. Felizmente, nada ainda havia sido posto no fogo.

Foram cuidar disso. Menos de uma hora depois, com a mesa posta, todos comiam avidamente, apertados, em volta dela. Dona Teresa comeria depois, agora ela ajudava Seu Luís. Os três meninos conversavam como velhos amigos, embora o filho de Teresinha falasse pouco. Das Dores percebeu que ainda não sabia o nome do sobrinho.

"Como ele chama, Teresinha?"

"Manuel", respondeu a irmã, enquanto acariciava o cabelo do filho sentado ao seu lado. Maria das Dores precisou se apoiar na mesa. Teve uma espécie de ânsia, mas recuperou-se. Teresinha notou:

"O que foi?"

"Nada... É que... ainda não fui ao banheiro". E levantou-se.

Dona Teresa também notara.

O almoço se estendeu até o fim da tarde. Quando acabaram de lavar os pratos e arrumar tudo, já era noite. Teresinha tinha acabado de chegar da venda, onde falara com Elza.

"Ela chorou, quando eu contei. Queria saber um monte de coisas, mas não dá pra abusar, o telefone é só para recados. Confirmou que vem amanhã cedo."

Sentaram-se na sala, novamente. Desta vez, os meninos não estavam juntos, Manuel tivera a ideia de levar os novos primos "para dar uma volta".

Agora, Maria das Dores não escaparia. Era a vez dela.

"Eu engravidei, mãe."

Dona Teresa manteve-se em silêncio.

"Eu vou dizer de quem, mãe, vou contar tudo, mas, por favor, me deixa ir devagar, preciso da ajuda de vocês." Olhou para a irmã.

"Teresinha, quem é o pai do Manuel?"

Foi Dona Teresa quem respondeu:

"O Pastor Virgílio."

Seu Luís agitou-se, fez um daqueles seus barulhos. Maria das Dores procurava se lembrar do pastor. Todos se concentraram para ver o que o pai estava tentando dizer, Dona Teresa era a mais apta a fazer a tradução.

"Filho da puta? É isso, Luís? Filho da puta?"

O marido acalmou-se e moveu a cabeça de um jeito que parecia confirmar.

"Era um filho da puta, mesmo, concordo."

Maria das Dores ficou olhando e imaginando se já ouvira a mãe falar palavrão. Achava que não.

Teresinha interveio: "Mãe, deixa eu falar".

A mãe deixou e, então, Teresinha contou.

"Algum tempo depois que você foi embora, depois que passou um pouco o desespero, a mãe e eu começamos a ajudar na igreja e na casa do pastor."

Teresinha fazia a faxina mais pesada, Dona Teresa lavava e passava as roupas do pastor, que era jovem, bonito, branco e solteiro.

Teresinha foi seduzida aos poucos. O Pastor Virgílio dizia que aquilo que havia entre eles era bonito, que Jesus aprovava, só precisavam manter silêncio enquanto ela ainda era menor de idade. Quando fizesse 18 anos, ele pediria a mão de Teresinha a Seu Luís e eles se casariam.

"Até que comecei a desconfiar que estava grávida", contou Teresinha, "e fui falar com ele."

Virgílio disse que ficou muito feliz com a notícia, que aquilo era lindo, que Jesus estava contente e, por isso, havia enviado um presente a eles. Mas disse também que era preciso ter certeza e, portanto, melhor seria esperar um pouco mais. Algumas semanas mais tarde, Teresinha voltou a procurá-lo, mostrou a barriga sem a blusa, já dava pra ver. Ele voltou a demonstrar alegria. Disse que ela não precisava se preocupar com nada, que ele falaria com os pais dela no domingo à noite, depois do culto.

"E daí ele sumiu", disse Dona Teresa.

"Como?", Das Dores achou que não tinha ouvido direito.

"Sumiu", Dona Teresa repetiu. "Desapareceu, fugiu, levou tudo que era dele. Roupas, tudo. Não houve meio de encontrá-lo. Fomos a outras igrejas para ver se outros pastores conseguiam localizá-lo. Não houve jeito. Fomos até na polícia, como também fomos quando você foi embora. Mas eles não ajudaram em nada, nos dois casos."

"E você fez o quê?", perguntou Das Dores, dirigindo-se a Teresinha.

"Bom, primeiro, falei com Elza. Conversamos bastante, chorei muito, fiquei desesperada. Acabamos achando que era melhor contar para o pai e a mãe. A Elza ficou ao meu lado, contamos juntas."

Seu Luís e Dona Teresa foram compreensivos. Confiavam na filha. E não que isso fosse necessário, mas o desaparecimento do Pastor Virgílio comprovava a narrativa.

"Eu já andava desconfiando dele", disse Dona Teresa.

"O pai e a mãe foram muito bons comigo", disse Teresinha. "Eu até disse que, se fosse menino, eu ia chamar de Luís. Se fosse menina, de Teresa, pondo o Maria pra diferenciar. E também por sua causa. Era pra ser Maria Teresa. Quando nasceu menino, o pai disse que não queria que repetisse o nome dele, não é, pai?"

O pai não se moveu.

Maria das Dores olhava para a mãe e para a irmã e pensava no que poderia ter sido sua vida se tivesse feito outra opção, se tivesse contado a Elza. Ela poderia estar ali, com eles e com Luisinho.

Mas, então, não teria conhecido Joaquim...

"Das Dores!", a mãe chamou, "acorda."

Das Dores olhou para a mãe.

"E como escolheram o nome?", perguntou.

"Foi o pai", disse Teresinha.

Contou que o pai achou que não ficava bom repetir o nome dele, ia dar confusão. Então, Teresinha pediu uma alternativa, uma opinião.

"Daí ele falou Manuel, por causa do amigo, o Seu Manuel, da padaria. Lembra dele?"

Maria das Dores lançou ao chão um jorro de vômito.

Foi acudida por Teresinha. "Credo, Das Dores! Foi a comida?"

Maria das Dores pediu desculpas e ajudou a limpar. Não, não havia sido a comida. Estava exausta. "Foi a viagem. Podemos conversar mais amanhã?"

Dona Teresa olhava fixamente para a filha mais nova.

Os meninos haviam chegado. Também estavam cansados e queriam dormir.

A casa tinha dois quartos. Quando ela era pequena, os pais dormiam em um e as filhas no outro. João, mais velho e único menino, dormia na sala. Fariam mais ou menos igual. Maria das Dores e Teresinha repartiriam o “quarto das crianças”. José, André e Manuel dormiriam na sala.

Quando Maria das Dores pôs a cabeça no travesseiro, soube que dormiria logo. Estava de volta à casa paterna, colocaram-na na mesma cama que ocupava quando deixara o Barro Preto, havia tantos anos. Sentia-se acolhida, protegida, em casa.

Um pensamento, entretanto, a atormentava.

“Ele não morreu.”

Não conseguia articular nada além disso, contudo. Eram tantas coisas ao mesmo tempo. Queria ver Elza, precisava ver Elza, amanhã ela daria um jeito de vê-la. Lurdes tinha morrido e ela nem teve tempo de perguntar mais coisas. O pai daquele jeito. Teresinha lhe dava certa pena, tão simples era Teresinha. Diria, talvez, que fora a única que não mudara nada em dezessete anos. Fisicamente, sim, é claro, engordara bastante. Mas só fisicamente. E a mãe? Aquela era outra Dona Teresa. Melhor? Talvez. Cheia de vida, muito falante, desbocada. E aquele turbante...

Como previra, mesmo com o acúmulo de excitações, adormeceu rapidamente e teve um sono profundo.

Capítulo 20
Revelação

No dia seguinte, Elza chegou um pouco antes do almoço. Veio com o marido e os três filhos. Estava "aí pelo terceiro mês" da gravidez, já tinha barriga, mas ainda era pequena.

As crianças faziam algazarra, especialmente o menor, o único menino, mas parece que até ele entendeu que havia algo de especial, e se calou quando as duas irmãs se abraçaram.

E elas se abraçaram assim que se viram, ainda antes de dizer qualquer palavra. Ficaram lá por um bom tempo agarradas uma à outra, ainda na porta da casa.

Maria das Dores pensou que havia alguma coisa de muito melhor naquele abraço do que naquele outro que ela presenciara, entre Eurídice e Guida, as duas irmãs que também se reencontravam depois de muito tempo.

Seguiram-se as apresentações, Maria das Dores estranhou os nomes dos sobrinhos. A mais velha era Layla, de 10 anos, depois vinha Aziza, com 7, e, por último, Akin, com 3.

O cunhado ficara um pouco afastado, ao lado de Seu Luís, respeitara o reencontro das duas irmãs – até porque Elza não parara de falar em Maria das Dores desde que recebera o telefonema, na véspera. Agora, ele também se apresentava:

"Prazer, Jorge."

Como na véspera, na primeira hora em que todos estiveram juntos, assim como ao longo de todo o almoço, as conversas eram todas emotivas e confusas. Frases ficavam pelo meio, quem era interrompido não ligava; quem perguntava e não era respondido, tampouco.

Comeram espalhados pela casa, não havia onde coubessem todos juntos. Seu Luís e Akin foram ajudados, respectivamente, por Maria das Dores — "Posso, mãe?" —, ela podia, e por Layla.

Almoço terminado e tudo arrumado, Dona Teresa e as três filhas se acomodaram na sala.

Akin e Seu Luís tinham dormido. Entendendo o cenário, Jorge convocou os meninos e as filhas para mostrar um pouco do bairro para os novos primos.

"A estação de trem é muito bonita e fica aqui perto."

"Eu engravidei. Foi por isso que eu fugi, eu engravidei."

Antes que alguém perguntasse "de quem?", Elza perguntou:

"E cadê ele? Ou ela?"

Fizera as contas e, obviamente, não podia ser José e muito menos André.

"Era ele, Elza. Era o Luisinho. Dei o nome por causa do pai. Ele morreu. Faz só três meses."

Maria das Dores começou a chorar. Foi consolada pela mãe e pelas irmãs. Depois de recuperar o controle, ela aprumou-se e, então, falou por mais de uma hora praticamente sem ser interrompida.

Contou tudo. Ou melhor, quase tudo.

Lembrando-se do que Guida fizera com Eurídice, pulou algumas partes que lhe pareceram desnecessárias e ajustou algumas outras. Filomena era uma santa que lhe dera abrigo, desde que Maria das Dores a ajudasse na creche que ficava no bairro do Estácio. Dona Chiquinha fizera o mesmo por Filomena, muitos anos antes.

Falou muito de Joaquim.

Muito.

Contou toda a história dele e dos pais dele, falou de Dom Helder. "Alguém conhecia?" Só Elza.

Finalmente, falou de Eurídice e daquela família da Tijuca que depois mudara-se para Ipanema. Omitiu detalhes que julgou desnecessários sobre Afonso. Deixara a família porque "Ipanema era muito longe".

Dona Teresa e as outras duas filhas escutavam tudo interferindo pouco, todas elas choraram quando Maria das Dores contou da morte de Joaquim e muito mais quando ela contou da de Luisinho, até porque aí Maria das Dores não se conteve e contou tudo chorando também.

"O José viu o irmão morto, mas não foi ele quem me deu a notícia. O diretor da escola, Seu Carmelo, não deixou. Mandou me buscarem em casa."

Fez uma pausa.

"Eu não podia mais morar no Rio de Janeiro. Agora quero ficar por aqui. Com o tempo, eu me ajeito. Vou trabalhar também, é claro. Não quero morar aqui, mãe. O José também já pode trabalhar, eu alugo alguma coisa aqui pertinho, se der."

E concluiu:

"Por falar em escola, preciso ver isso para os meninos."

Elza iria ajudá-la, mas não diria isso agora. Sabia que

daí a pouco alguém acordaria ou voltariam do passeio. Então, fez a pergunta direta.

"Das Dores, e o pai do Luisinho?"

Das Dores olhava para a irmã com os olhos marejados, mas mantinha-se calada. O silêncio durou alguns instantes e foi quebrado por Dona Teresa.

"É Seu Manuel. O pai de Luisinho é o Seu Manuel, da padaria. E foi à força."

Maria das Dores derrubou a xícara de café que tinha nas mãos. O café que restava nela molhou o chão e a xícara se partiu em muitos pedaços, mas ninguém se moveu.

Fixos nos da mãe, os olhos de Maria das Dores confirmaram.

"E eu sabia que você vinha, filha. Já sabia há alguns dias. Achei até que você demorou um pouco."

Maria das Dores continuava a olhá-la fixamente, a boca entreaberta, aquele turbante...

Todas se mantiveram novamente em silêncio por mais alguns instantes. Desta vez, ele foi quebrado por Teresinha.

"Ela é mãe de santo, Das Dores. A mãe vê tudo. Até o futuro."

Dona Teresa dirigiu-se com firmeza à filha mais nova.

"Das Dores, a padaria fechou. Desapropriaram aquela área toda há mais de dez anos para abrir a avenida nova. Seu Manuel montou outra padaria, mas é longe, fica pra lá da Concórdia. O Luís foi até lá umas duas ou três vezes, domingo à tarde, mas ficou desapontado, me disse que se sentiu estranho. Não voltou mais. Seu Manuel também nunca mais apareceu por aqui."

E completou:

"Luisinho morreu. Esquece o assunto. Isso vai ser resolvido de outro jeito, Seu Manuel há de se haver com o santo dele."

Maria das Dores não compreendeu, mas, nesse instante, Akin chorou no quarto. No mesmo momento, ruídos de vozes lá fora anunciavam a volta de Jorge com as crianças.

Dona Teresa disse em voz baixa, olhando para todas as filhas.

"Nenhuma palavra sobre isso, por enquanto."

Sabia que as filhas obedeceriam.

Mas Seu Luís queria saber.

Naquela noite, depois que Elza e a família foram embora, quando todos já haviam se recolhido, venceu suas dificuldades motoras e fez uns rabiscos em um pedaço de papel que entregou à esposa. Dona Teresa não precisou de muito esforço para ler aquelas letras de forma.

"O pai?"

Estavam no quarto, Dona Teresa já havia se deitado quando ele lhe entregou o bilhete. Teresinha e Maria das Dores estavam no quarto ao lado, as crianças na sala, não havia barulhos na casa, mas ela não estava segura se estavam dormindo ou acordados.

Refletiu por um momento, deu um suspiro e levantou-se. Trouxe o marido para a cama onde sentaram-se lado a lado. Explicou tudo na voz mais baixa que pode.

No quarto ao lado, Maria das Dores aprendeu como eram os ruídos que o pai fazia, agora, quando chorava.

A prioridade imediata de Maria das Dores era matricular as crianças na escola, e Elza se dispusera a ajudá-la, pois tinha muita experiência. Acostumara-se a chegar de madrugada às filas de matrícula para garantir a melhor escola que pudesse, no melhor período, para cada um de seus filhos. Então, acompanharia Das Dores em suas tentativas. Iriam juntas e chegariam cedo, por volta das cinco da manhã.

Das Dores estranhou essa recomendação da irmã.

"Precisa ser assim, Elza?"

"Precisa. A gente nunca sabe onde e como vai ter vaga, é melhor chegar cedo, pode ter fila. E, se não tiver, a gente é a primeira a ser atendida, melhor ainda."

Enquanto esperavam, conversavam sobre tudo. Elza ficava olhando no relógio e torcendo para que fossem atendidas antes de ter que sair correndo para o trabalho.

A primeira curiosidade de Maria das Dores era saber qual a razão da melhor aluna do Pedro II trabalhar como empregada doméstica.

"E você acha que eu consegui algum outro tipo de emprego, Das Dores? É claro que tentei, me iludi por algum tempo, depois que acabei o ginásio. Queria ajudar em casa, mas indo além do que faz a Teresinha, que é a mesma coisa que fazíamos quando éramos crianças. A mãe manda e ela obedece."

Fez uma pausa e prosseguiu. "Eu comprava o jornal de domingo e recortava os anúncios. Ia em todos, chegava cedo.

Fui aprendendo. Descobri, por exemplo, que quando pedem 'boa aparência', pode esquecer, nem adianta ir. É um código. Tinha lugar em que nem me davam a ficha para preencher, 'a vaga já foi ocupada', eu ouvia. E lá adiante, nas mesas, eu via meninas preenchendo a mesma ficha que me negavam. Em alguns lugares, cheguei a fazer teste. Mas nunca me chamaram, nunca nem soube o resultado. E olha que eu era boa em datilografia. Muito boa."

Outra pausa.

"O espaço que a gente tem é esse. É o que esperam da gente. Faxina, cozinha e lavanderia."

Mudou de tom.

"Mas isso tudo vai mudar, e é por isso que o nosso sacrifício vale a pena. Nossos filhos têm que ir além. Não chega o ginásio, eles têm que cursar faculdade. Com uma boa profissão, eles não vão ter dificuldades, não é possível que a coisa continue assim, como é hoje. Na geração dos nossos filhos, tudo vai mudar, vai melhorar muito. É só garantir que eles estudem."

E, por falar em filhos, Das Dores também perguntou sobre aqueles nomes diferentes. Elza explicou que os nomes eram de origem africana. Havia sido ideia do Jorge, mas ela aprovara.

E Jorge, quem era Jorge?

Elza conhecera Jorge ainda na época da igreja do Pastor Virgílio. Ele era operário da Mannesmann, em Contagem. Era muito inteligente, dizia Elza. Tinha concluído o curso técnico, como João, e falava em fazer um curso de engenharia no período noturno.

"Ele lê muito, Das Dores, fica acordado até tarde. E se interessa por política. Pelo que você contou, acho que ele e Joaquim teriam sido bons amigos."

Nos dias seguintes ao retorno de Maria das Dores ao Barro Preto, ela e Elza estiveram em mais de dez escolas diferentes.

"Vagas? Não, não há vagas, está tudo lotado. E já tem fila de espera. Bem longa."

"Transferência? Nas férias do meio do ano? Impossível. Aliás, a transferência seria impossível mesmo que houvesse vaga, não aceitamos transferência. É a política da escola."

"Talvez no início do ano seguinte."

"Sinto muito."

"Próximo?"

Maria das Dores chegou a pensar numa escola privada. Fez as contas com Elza, era impossível. Mesmo presumindo que ela e José conseguissem um emprego. Mesmo que continuassem a morar com os pais.

Mas ela não queria morar com os pais.

As férias de julho terminaram e o ano letivo foi retomado sem que José e André estivessem matriculados em qualquer escola.

"Acho que tem uma solução", disse Elza. "Eles fazem o exame de admissão para o ginásio, no fim do ano."

"Admissão?"

No caso do André, podia até ser, ela achava, pois tinha começado o ginásio naquele ano, perdia um ano, não era tanta coisa assim. Mas, para o José?

"O José ia terminar o terceiro ano do ginásio, lá no

Rio. Ia para o quarto, que era o último. Teria de começar do primeiro, tudo de novo?"

"Acho que é o jeito, Das Dores", respondeu Elza. "Tem outro? O exame de admissão é por inscrição, só tem que ter terminado o primário. Se eles passarem, não tem essa questão de vaga."

Certa noite, em casa, desapontada com o insucesso na busca por vagas, Elza comentou com Jorge que tinham feito tudo o que podiam, ela não entendia por que aquela carta do diretor da escola do Rio de Janeiro, Seu Carmelo, não tinha ajudado.

Jorge quis ver a carta. Estava com Das Dores, ele poderia lê-la da próxima vez que fossem visitar seus pais. Assim foi feito, no domingo seguinte. À noite, já em casa, Elza quis saber o que ele tinha achado.

"Não sei, Elzinha. A carta pede ajuda e parece sincera, mas ela conta o que aconteceu com Luisinho. E não dá muitos detalhes, está bem resumida."

"Sim. E daí?"

"Bem, pensa um pouco. Olha como está a situação. Ponha-se no lugar de um dirigente qualquer de uma escola pública, por aqui. A carta diz que Luisinho foi morto pela polícia 'num incidente ocorrido quando a polícia veio buscar uma professora da escola para depoimento'. Ele está falando da polícia desse regime que temos agora. Todo mundo sabe que essa polícia sempre tem razão, se você entende o que eu quero dizer. Então, aos olhos deles, e de muito mais gente, o Luisinho pode parecer apenas mais um perigoso comunista."

Fez uma pausa. Depois, completou:

"Nos dias de hoje, você acha que um diretor de escola vai correr o risco de acolher dois irmãos de um comunista perigoso?"

Capítulo 21
Aurora e André, São Bernardo do Campo, 1979

Entre janeiro e fevereiro de 1977, realizou-se em Lagos, na Nigéria, o Segundo Festival Mundial de Artes e Culturas Negras e Africanas (Festac), um evento longamente planejado, com um mês de duração e que tinha inúmeros objetivos audaciosos, como o de fazer "recomendações específicas para governos e líderes de comunidades nos campos da educação, arte e cultura, da ciência e tecnologia".

O editor do evento, professor Pio Zirimu, convidou diversos intelectuais do mundo todo para contribuir com textos e palestras. Um desses intelectuais foi o pensador brasileiro Abdias Nascimento. Em atenção ao convite do professor Zirimu, Abdias encaminhou um ensaio de autoria dele e preparou-se para fazer uma conferência considerada um dos pontos altos do festival.

"Mas não deixaram ele falar", explicou Aurora.

O local era outro, mas André viu semelhanças entre a reunião em que Aurora contou sobre o livro do General Olímpio Mourão e aquela, que recém-começara. O número de pessoas era parecido, o propósito da reunião era discutir um livro e era Aurora quem o apresentava. Havia uma diferença essencial, contudo. Ao contrário daquela outra reunião, nesta todos eram negros ou pardos.

"No dia 15 de dezembro, há um mês do início do Festac, Zirimu escreveu uma carta a Abdias informando-o de que o texto fora rejeitado."

Aurora leu em voz alta alguns trechos da carta do professor Zirimu:

Lamento não ter-lhe dado notícias antes. Só tenho a confessar que falhei. Não fui capaz de conseguir que seu trabalho fosse aceito pelos poderes constituídos. Estou convencido que o material deve ser publicado. Espero que as forças da história ainda trabalhem, continuem a trabalhar, para trazer à luz o que você tão claramente disse em seu trabalho.

Abdias não pôde conversar a respeito desse assunto com o Prof. Zirimu pelo simples fato de que o professor faleceu quinze dias depois de escrever a carta.

"Como Abdias não conseguiu falar com ele, nunca soube os motivos exatos da recusa de seu texto. Abdias protestou. Escreveu uma longa carta aberta, publicada pela imprensa nigeriana, em que mostrava em detalhes que seu texto não feria nenhuma das três condições que o coronel Ahmadu Ali, ministro da Educação da Nigéria e presidente do colóquio, mencionou como capazes de impedir a aceitação de algum trabalho. O coronel Ali não ofereceu resposta alguma à carta de Abdias, limitando-se a dizer que ainda não se encontrava à frente do colóquio quando se fez a seleção dos trabalhos: só fora nomeado para a função no fim de dezembro."

Fez uma pausa.

"Tudo leva a crer que o trabalho de Abdias foi rejeitado por pressão da delegação brasileira, composta por representantes da ditadura que defendiam a tese de que o Brasil é um país em que brancos, índios e negros vivem em harmonia. Seríamos uma espécie de paraíso racial. Obviamente, o texto de Abdias contestava essa indecência. Afinal, o que vocês acham, nós vivemos em um paraíso racial?"

Ninguém respondeu à pergunta retórica de Aurora,f que, de qualquer forma, não esperava resposta, pois prosseguiu imediatamente.

"O livro tem dois prefácios. Um deles é do Professor Florestan Fernandes e o outro é de um escritor nigeriano, Wole Soyinka."

Soyinka seria o primeiro escritor africano a ganhar o Prêmio Nobel de literatura, em 1986, mas Aurora não tinha como saber disso.

No prefácio de Soyinka ele lembra que, no Primeiro Festival Mundial de Artes e Culturas Negras e Africanas, realizado em Dacar, em 1966, um delegado brasileiro declarou:

No que se refere à dimensão histórica, parece que existe um certo sentimento de inferioridade que é africano. Assim que não é possível apresentar um texto histórico paralelo àquele dos países ocidentais.

Em seguida, Soyinka fez uma crítica ao Festac, que Aurora leu do livro em voz alta:

Não só admitiram o autor daquela afirmação, um branco, como um delegado oficial do Brasil, mas ainda excluíram a participação do professor Abdias Nascimento, um negro que vem persistente e apaixonadamente propondo e demonstrando uma contra-opinião a respeito do negro, sua criatividade e sua história.

Soyinka se referia a Clarival do Prado Valladares, coordenador da delegação brasileira no Festac. Essa não fora a única declaração polêmica que Valladares dera em Dacar.

Disse também que os brancos "*não caçavam os negros na África, mas os compravam pacificamente dos tiranos negros*".

Aurora contou aos presentes que a rejeição do trabalho de Abdias foi um tiro pela culatra. O assunto foi fartamente discutido na imprensa nigeriana e gerou tal solidariedade por parte dos participantes que o texto recusado de Abdias foi mimeografado e distribuído aos participantes do Festac77 no formato de um livro.

Ela prosseguiu.

"Quando os portugueses chegaram no que hoje chamamos de Brasil, estima-se que havia por aqui cerca de dois milhões de índios. Hoje, quase 500 anos depois, eles são pouco mais de 200 mil, quer dizer, 10% do que eram. Ou seja, os índios que a ditadura alega viverem em harmonia com os brancos foram quase totalmente eliminados. E a ditadura divulga abertamente seu objetivo explícito de levar o genocídio até o final. No final de 1976, o senhor Rangel Reis, Ministro do Interior, do qual faz parte a FUNAI, deu uma entrevista ao *Jornal do Brasil* em que afirmou: '*Vamos procurar cumprir as metas fixadas pelo presidente Geisel para que, através de um trabalho concentrado entre vários ministérios, daqui a 10 anos possamos reduzir para 20 mil os 220 mil índios existentes no Brasil, e daqui a 30 anos, todos eles estarem devidamente integrados na sociedade nacional*'."

Em seguida, Aurora fez um resumo de cada capítulo do ensaio de Abdias recusado na Festac e que está integralmente reproduzido no livro que ela apresentava em sua palestra. Expôs a tese central de Abdias, que é a do genocídio do negro brasileiro, falando sobre o mito do senhor de escravo benevolente, a exploração sexual da mulher africana, a política de branqueamento da raça e o embranquecimento cultural e religioso.

Quando falou da questão religiosa, causou riso nos presentes ao afirmar uma embaraçosa verdade factual.

"No Brasil, uma das qualificações para o estudo do negro e das religiões afro-brasileiras é ser especialista em psiquiatria."

Aurora não gostou dos risos. Então, levantou a voz e repetiu, indignada.

"Psiquiatria!"

E prosseguiu.

"E essa é uma decisão acadêmica, quer dizer, supostamente, de estudiosos. É claro que o motivo é a associação dos mitos e dos ritos dessas religiões a distúrbios mentais. É de se perguntar se o que os psiquiatras deviam estudar não seria uma religião em que os seguidores adoram um instrumento de tortura e acreditam que um sacerdote tem o poder milagroso de transformar fisicamente o pão e o vinho – fisicamente, repito, é literal, não é metafórico – no corpo e no sangue do Deus em que eles creem para que os fiéis possam se alimentar desse corpo e beber desse sangue."

Os que haviam rido demonstraram constrangimento.

Ao término da palestra, André procurou por Aurora. Na reunião anterior, não puderam conversar muito.

Aurora estava curiosa para saber como o pai de André conhecera Abdias.

André contou a respeito do Teatro Experimental do Negro, disse que seus avós estavam entre os primeiros atores do grupo. E elogiou a apresentação de Aurora.

Capítulo 22
A mãe de santo

Dona Teresa passou parte do dia preparando duas grandes panelas de canjica branca. Enquanto trabalhava na cozinha, contava com a ajuda das duas filhas e ia instruindo Maria das Dores sobre a cerimônia daquela noite. Teresinha já era iniciada.

"Casa, roça, terreiro, tem muitos nomes, minha filha. Eu prefiro casa. Hoje é sexta-feira, dia de Oxalá, a gente deve vestir branco e manter recato. Não se bebe bebida alcoólica e não se come carne vermelha."

Misturava aquela espécie de pregação com assuntos práticos.

"A gente sai cedo, é longe, a casa fica em Aarão Reis, e temos que levar estas panelas, é a comida do santo."

Na véspera, havia mostrado à filha mais nova o "ojá" que utilizaria no dia seguinte. Ojá era como a Dona Teresa chamava aquilo que Das Dores havia identificado como sendo um turbante.

"No dia a dia eu uso este que você vê, mas, nas festas, a gente usa uns mais elaborados. Não é para todo mundo, o ojá é só da ialorixá, a mãe de santo."

Maria das Dores ouvia a mãe esforçando-se para ter ou pelo menos parecer que tinha interesse. Havia algo nela, contudo, que a mantinha reticente e a empurrava no sentido oposto a qualquer forma de religião ou de misticismo. Tinha sido assim ao longo de todo o tempo em que seguira Joaquim às reuniões e às missas celebradas por Dom Helder.

Dona Teresa não ajudava muito o seu entendimento, pois não era lá muito didática. Entrava em detalhes antes de construir o contexto maior.

"Na festa a gente atrai os orixás", ela dizia, "cada orixá tem suas características próprias, o dia da semana, os objetos, as preferências como a cor, a comida..."

"Sim, mas o que são orixás?", pensava Das Dores. Mas só pensava, não perguntava, limitava-se a ouvir.

E ouviu que em algum momento ela saberia qual era o seu orixá e, com isso, compreenderia melhor sua missão nesta vida, o aperfeiçoamento que se esperava dela.

"Missão na vida? Aperfeiçoamento?", pensava, mas mantinha-se calada.

Saíram depois que Dona Teresa informou ao marido que, como de hábito, deixara no forno o prato do jantar.

"Vamos sair agora, tá, Luís?"

Das Dores observara que a mãe se dirigia ao pai em um tom de voz mais alto do que o normal. Estranhou a prática, pois Seu Luís tinha dificuldades motoras e de comunicação, mas não encontrara qualquer indício de precariedade auditiva ou de compreensão.

Enfim, saíram. Era longe mesmo, precisaram de mais de uma hora e uma troca de ônibus para chegar ao destino. Ma-Das Dores não tinha roupa toda branca, mas a mãe a tranquilizara: "Não tem problema, filha, você ainda não é iniciada".

"Ainda?", pensou.

Dona Teresa e Teresinha já saíram de casa paramentadas, Dona Teresa já ia inclusive com o turbante – quer dizer, ojá – de festa.

Aquelas duas mulheres negras vestidas totalmente de branco, com saias grandes e largas, cada uma segurando uma panela e uma delas, a mais velha, com aquele negócio branco na cabeça chamavam muita atenção. Belo Horizonte não era Salvador e, naqueles meados de anos 1960, nem tanta gente viajava. As duas figuras, portanto, eram quase inéditas à população local. Pouco ou nada discretos, muitos paravam diante delas e ficavam olhando, havia os que não seguravam uma interjeição. E havia, também, sinais explícitos de reprovação e contrariedade. No segundo ônibus, uma mulher desceu, esbravejando, assim que as viu subindo. E um homem mais velho fez um sinal da cruz acintoso quando passou por elas.

Desacostumada a qualquer grau de exposição parecido, Maria das Dores as acompanhava com algum constrangimento.

Chegaram à casa, um lugar muito simples, não mais que um barracão amplo feito de vários pilares sobre um retângulo de terra batido que sustentavam um teto de zinco. Havia paredes em três lados do retângulo, o quarto era aberto.

Não havia muita gente, mas Maria das Dores observou que os poucos que estavam lá tratavam Dona Teresa como uma divindade.

Das Dores ainda não sabia o que era uma mãe de santo. Entendeu lá, por observação. Dona Teresa era, nada mais, nada menos, que a sacerdotisa do templo – ou melhor, da casa. Era a pessoa mais importante, reverenciada por todos como tal. Era ela quem dava as ordens, cada ato ali dependia de uma consulta de sua aprovação.

Instruída a sentar-se em um banco comprido, onde havia outras pessoas, Maria das Dores ficou lá e esperou um bom tempo até que terminassem as deliberações daquele grupo do qual a mãe e as irmãs faziam parte. Ouvia as vozes de longe, mas não o suficiente para saber o que diziam. O que percebia é que todos se dirigiam a Dona Teresa, que falava pouco e, quando o fazia, agia como quem dava a sentença, a decisão estava tomada.

Aos poucos, o grupo se transformou numa grande roda. Maria das Dores sentiu que o ar se carregou de um perfume agradável e, então, começaram os atabaques.

Arrepiou-se toda. Ao som da batida rítmica e forte, a roda começou a girar lentamente. Segurando um cajado com a mão direita, com o braço esquerdo cruzado às costas e o corpo todo inclinado para a frente, era Dona Teresa quem liderava a roda.

Pouco depois, começaram os cânticos. Maria das Dores não compreendia nada daquilo que cantavam, mas, ao contrário do que ocorria naquelas missas celebradas por Dom Helder, o som daquelas cantigas lhe agradava.

Aqueles sons, que pareciam aludir a algum tipo de legado histórico, ativaram nela um instinto atávico que ela nem sabia que tinha.

Ficou imersa naquela eletricidade por alguns minutos.

Muitos minutos.

Longos minutos.

E, então...

Então, ela sentiu que o encantamento passou. Foi-se.

Não foi de repente. Pelo contrário, talvez tenha sido porque aquilo durou muito tempo, ela não mediu, mas foi bem mais do que uma hora.

A roda continuava girando, os atabaques às vezes paravam, ou mudavam de ritmo. Outras coisas aconteciam, Dona Teresa parava, pessoas se aproximavam dela, interagiam de uma forma em que não havia contato verbal e, então, ela voltava a rodar.

Maria das Dores não compreendia o que se passava e, aos poucos, foi se entediando. Depois de algum tempo, já estava anestesiada contra a eletricidade dos atabaques, e as cantigas intermitentes agora lhe pareciam aborrecidas.

Desconcentrou-se. Manteve-se ali, de corpo presente, até o final, mas já não prestava qualquer atenção no ritual. Pensava na vida.

Deixara o Rio de Janeiro havia duas semanas, agora. Arrependimento nenhum, "maldita cidade", repetiu baixinho para si mesma. Mas tinha que começar a admitir que não encontrara no Barro Preto...

Bem, o que ela imaginava que ia encontrar na volta à casa paterna no Barro Preto? Ela temia ser rejeitada em seu retorno, como ouvira Guida contar a Eurídice que seu pai a rejeitara quando tentou voltar para casa. Ao contrário, todavia, o pai e todos na casa demonstraram alegria genuína ao vê-la.

Também temia um possível confronto com Seu Manuel, hipótese que estava descartada pelas circunstâncias. Temia, ainda, não encontrar nem casa e nem família. Eles teriam se mudado? Como ela descobriria para onde? Era curioso como algo tão prático fosse seu maior e mais presente medo durante todo o trajeto de ônibus desde o Rio de Janeiro. Nada dissera aos filhos, mas não tinha plano alternativo.

Já o que ela não temia aconteceu.

Sempre imaginara de maneira infantil, reconhecia agora, que encontraria tudo exatamente como deixara. Entretanto, João se fora, Teresinha agora era mãe e Lurdes morrera. O pai tivera aquela queda e as sequelas o impediam de trabalhar. Notou que a casa apresentava sinais de deterioração que denunciavam restrições financeiras, a aposentadoria certamente não rendia a Seu Luís o mesmo que ganhava na linha de produção da Souza Cruz.

E tinha a mãe. Era uma nova mãe. Que também era mãe de santo. E, nas circunstâncias do pai, ela agora mandava na casa. Dona Teresa demonstrara a mesma alegria de Seu Luís ao ver Maria das Dores, e nesses quinze dias fora nada além de carinhosa e amorosa para com a filha. Mas havia algo nela que a incomodava. "Bem, também era assim antes", admitiu para si mesma. Ela se lembrava de não gostar nada daqueles traços excessivamente pudicos da mãe, depois da transformação evangélica provocada pelo Pastor Virgílio. De fato, a opção pela fuga...

Não, não ia se permitir pensar assim. Fosse como fosse, agora, era diferente. A mãe até falava palavrão. É verdade que fora só uma vez e, mesmo assim, para traduzir um palavrão que viera da boca do pai, mas ela sabia que nada sequer parecido aconteceria antes. A certeza com que denunciara Seu Manuel... Quando pensava nisso, Maria das Dores sentia um calafrio que a arrepiava toda. Vinha um medo esquisito.

"Das Dores?"

Era ela, Dona Teresa. Tinha acabado e ela nem havia se dado conta. Ficou envergonhada.

"Foi lindo, mãe."

Capítulo 23
Uma conversa

A distância não era muito diferente daquela entre a Vila Isabel e a Tijuca, e Maria das Dores mantinha o velho hábito de fazer o trajeto diário a pé. E pelo mesmo motivo: economizava o dinheiro do ônibus.

Como no Rio de Janeiro, usava o caminho para "pensar e organizar as coisas". O verão era quente em qualquer lugar, mas ela achava que no Rio era pior. Assim, naqueles inícios de manhã ainda amenos de fevereiro, enquanto caminhava para o trabalho, fazia balanços de tudo o que lhe ocorrera desde que retornara ao Barro Preto, havia pouco mais de seis meses.

Para começo de conversa, tinha o novo emprego, para o qual se dirigia agora. Conseguira-o com a ajuda de Elza. Trabalhava como... empregada doméstica.

"O espaço que a gente tem é esse", ouvira da irmã.

Ela tinha razão. Elza falara com a patroa, que falara com as amigas e, poucas semanas depois de regressar a Belo Horizonte, enquanto ainda estava provisoriamente morando com os pais, Das Dores começou a trabalhar na casa daquela família que morava perto da Paróquia Santíssima Trindade.

Não era uma família muito diferente daquela de Eurídice. Casal e duas filhas, "o que é bom", pensou Das Dores, lembrando-se das investidas de Afonso, o menino que ajudara a criar. As duas meninas estudavam no Curso Primário de uma escola que ficava ali perto. Seu Jório era escrivão da polícia e Dona Nice era professora na mesma escola das filhas.

Com isso, a casa ficava vazia a manhã toda, "o que também era bom".

Os hábitos e costumes eram parecidos com os dos Gusmão Campelo, e Maria das Dores não precisou que lhe dissessem o que todos, ali, esperavam dela. Trabalhava muito e falava pouco, mantendo a mesma dedicação, a mesma eficiência e, principalmente, o mesmo silêncio que aprendera a cultivar na casa de Eurídice e que se transformara numa espécie de hábito de vida.

"Continuando assim, não vou ter problemas", imaginava.

Quanto à sua moradia, Dona Teresa insistiu bastante para que ela ficasse lá, morando com eles, mas Das Dores não quis.

Habituara-se a morar só com os filhos e sentia-se bem com isso. O buraco deixado pela ausência de Luisinho era enorme, mas de alguma forma diminuía um pouco com a quebra de referências que a mudança de cidade proporcionara. Elza ajudou-a a encontrar uma casa simples cujo aluguel cabia em seu salário somado ao salário de José, que também estava trabalhando. Ela ficava perto da casa da irmã, no Jardim América, o que lhe facultava ir a pé ao trabalho.

Havia uma segunda razão. A casa dos pais tinha agora uma dinâmica diferente, que era regida inteiramente por Dona Teresa e que gravitava em torno de seu interesse maior – único? – pelo candomblé.

A única tentativa que Das Dores fizera de aproximação ao tema fora naquela sexta-feira, na festa de Oxalá. Não se empolgou. No dia seguinte, falou com a mãe em tom de quem pede desculpas: "Acho que não é pra mim, mãe".

Dona Teresa foi compreensiva, mas sua resposta veio em tom de veredicto: "É sim, minha filha, mas tudo a seu tempo. Tudo a seu tempo".

Uma preocupação grande era José, "o filho do meio". Pensou nisso e lembrou que agora ele já não era "o do meio", mas "o mais velho". Não foi a primeira vez que essa ideia lhe ocorreu e não foi a primeira vez que seus olhos marejaram por causa dela.

Voltara a tentar a transferência dos filhos para uma escola pública. Percorreu exatamente o mesmo roteiro de tentativas que havia cumprido seis meses antes com Elza, agora sozinha, entretanto, pois Elza tinha um nenê para amamentar: Kumi havia nascido em dezembro do ano anterior. Acatou a sugestão de Jorge e deixou de acrescentar a carta de Seu Carmelo à documentação dos meninos. Não fez diferença, os resultados foram os mesmos, não havia vagas. Então, puseram em prática o plano sugerido por Elza, e José e André prestaram o exame de admissão. Só André foi aprovado, mas a escola só tinha período diurno, ele não poderia trabalhar.

Nada tirava da cabeça de Maria das Dores que José havia sido reprovado a propósito. O filho negava, "Eu tentei, mãe", mas ela relutava em aceitar, conhecia-o bem demais, era um menino precoce e muito inteligente. Aí tinha coisa.

Desde a morte de Luisinho ela notara que o comportamento de José vinha apresentando mudanças. Não que ele fosse menos atencioso, antes, mas, na presença do irmão mais velho, calava-se. Não parecia ser porque Luisinho o intimidasse. Parecia um respeito natural, instintivo, como se reconhecesse nele, desde a ausência de Joaquim, uma espécie de "homem da família". Agora, contudo, José mantinha um estado de atenção e zelo permanente para com ela e com André. Era como se, consciente ou não de que o fazia, José assumisse o papel que ele vira no pai e, depois, em Luisinho.

Ela notara que ele ficava sempre atento às contas que ela fazia para conseguir encaixar as despesas dentro do orçamento. Observara-o conversando com Jorge, ouvira quando o cunhado lhe explicara:

"Pra fazer o técnico, precisa ter o ginásio completo, mas há cursos avulsos que só exigem o primário, como o de fresador ou o de torneiro mecânico. E eles também são bons para conseguir emprego, pelo menos como auxiliar."

Em outra ocasião, ouviu-o perguntando ao tio, de quem se aproximara bastante, "o que era esse negócio de Madureza".

José faria 14 anos em alguns dias e isso o colocava num patamar acima de simples aprendiz, podia almejar um emprego um pouco melhor e, consequentemente, um salário maior. Das Dores achava que o filho estava fazendo a opção deliberada de deixar de estudar para, com dedicação a um emprego melhor, poder contribuir mais na renda da família. Astuto, usara a ausência de vagas e a hipotética reprovação voluntária no exame de admissão para criar o cenário que desejava sem precisar discutir com a mãe uma possibilidade que, ele sabia, ela jamais admitiria.

Todo esse cenário envolvendo José a preocupava, mas ela ainda não se sentia segura sobre como lidar com ele. E, por fim, refletia a respeito da vida.

"Será que é só isso?", pensava. "A gente nasce, sofre... e um dia morre?"

Percebia que muitos, como a mãe – ou Dom Helder –, buscavam o sentido na religião. Qualquer tipo de religião. Valia mudar, inclusive, como vira a mãe fazer duas vezes. Não tinha problema. Mas aquilo não era para ela.

Elza voltara a ser sua grande amiga, mais do que uma irmã, uma espécie de mentora, ainda que a diferença de idade fosse de apenas dois anos. Conversava com ela sobre todos os assuntos. Quando Elza deu à luz o filho Kumi, Das Dores a ajudou em tudo, ficou com as meninas e com Akin em diversos fins de semana para dar um pouco de descanso à irmã, que trabalhou até uma semana antes do parto. A patroa reclamou que ficaria sem a empregada nas férias, "quando ela era mais necessária", e já enviara um recado perguntando quando Elza voltaria.

Passavam o fim de semana quase todo juntas, fosse na casa de uma ou de outra, fosse na casa dos pais. Na tarde de um domingo, enquanto Akin dormia e Elza amamentava Kumi, Maria das Dores expôs sua questão existencial à irmã. Sabia que Elza não frequentava o candomblé. De fato, não frequentava igreja nenhuma, embora Jorge tivesse alguma proximidade com uma iniciativa da Igreja Católica ligada ao movimento operário chamada JOC, Juventude Operária Católica. Portanto, Elza não tinha qualquer suporte espiritual. Abordou o assunto e concluiu com uma pergunta direta.

"É só isso, Elza? A vida é só isso?"

Elza ouviu com atenção e refletiu por um momento, antes de responder:

"Na escola, apesar de estudar no noturno, o Jorge era atleta. Ele era tão bom que competia mesmo sem treinar, ou treinando só de fim de semana. Eu fui ver ele competir algumas vezes. Ele era o último corredor dos 4 por 100 da equipe da escola. Você sabe o que é isso?"

Das Dores não sabia.

"Eles chamam essa corrida de corrida de revezamento. São equipes de quatro corredores. Cada um corre 100 metros. O corredor que faz os primeiros 100 metros carrega um bastão que entrega para o segundo integrante da equipe, que está esperando por ele 100 metros à frente. O segundo corre e entrega o bastão para o terceiro, que corre e entrega para o quarto, que é o último. Ganha a equipe cujo último corredor chegar à frente dos outros, carregando o bastão."

Maria das Dores acompanhava sem fazer ideia aonde Elza queria chegar.

"Uma coisa interessante, e que eu só entendi quando vi a corrida pela primeira vez, é que o atleta que vai receber o bastão não espera parado. Quando o corredor anterior está chegando, ele começa a correr também. Assim, quando recebe o bastão e começa a correr os 100 metros que lhe cabem, ele já sai com uma boa velocidade."

Elza fez uma breve pausa. Das Dores acompanhava.

"Acontece que essa tática envolve um risco. É que, como a passagem do bastão se dá entre dois corredores em velocidade, às vezes o bastão cai. E, quando ele cai, a equipe está eliminada."

Das Dores impacientara-se.

"E...?"

Elza achou graça.

"E que isso é uma metáfora para o que você perguntou, irmãzinha".

"Veja nós duas. Éramos boas alunas no Ginásio Pedro II, estávamos entre as melhores".

"Você estava, eu não", interrompeu Maria das Dores.

"Nós duas estávamos, mas isso não importa. O que importa é o que somos agora. Domésticas. Nós duas. E aquelas meninas que sabiam bem menos do que nós? Pense na Silvinha, por exemplo, que ia lá em casa para que eu ajudasse em matemática. Onde ela está agora? Você acha que é doméstica? Ou será que é patroa?"

Fez outra pausa.

"Agora, veja. Por que fazemos tudo o que fazemos? Por que lutamos tanto por boas vagas em boas escolas para nossos filhos? Por que o Jorge trabalha, eu trabalho, você trabalha, enfim, aonde queremos chegar?"

Não esperou resposta à pergunta retórica e prosseguiu.

"Vivemos tempos muito ruins, Das Dores, muito ruins. Mas eles hão de mudar, eles têm que mudar. Um dia, tudo vai ser diferente, vai ser muito melhor. Eu nem acho que falta muito, não é possível que falte muito. Para isso, nossos filhos têm que receber a melhor educação possível, eles têm que se formar, ter uma profissão, ganhar respeito para serem ouvidos e ajudarem os que não têm voz. É por isso que nós duas trabalhamos tanto, é por isso que entramos nas filas às cinco da manhã. A metáfora é essa, Das Dores. Cada um de nós é um corredor, como nos 4 por 100 do Jorge. Estamos atrás, bem atrás, e por isso precisamos correr mais do que os outros para entregar o bastão a nossos filhos, que nos esperam à frente, numa condição melhor do que a que recebemos. Eles deverão fazer o mesmo para os filhos deles."

Prosseguiu:

"O bastão é a melhor parte da metáfora. Significa que não basta simplesmente correr. Temos que transmitir também tudo aquilo em que a gente acredita, para que nossos filhos corram carregando essas mesmas coisas, e as transmitam a seus filhos."

Então concluiu:

"Não é nascer, sofrer e um dia morrer. É lutar. Mesmo sabendo que o máximo que a gente pode esperar é passar o bastão. Você está fazendo isso e nem sabe, Das Dores. Você é uma ótima corredora. José e André são dois meninos de muita sorte."

Das Dores achou bonito. Aquilo era tão óbvio, mas tão bonito. Joaquim um dia lhe dissera que todos tinham a necessidade de ter um motivo, uma causa para viver. Aquele era o seu motivo. Seus filhos. A sua causa. De fato, sempre fora. A diferença era que, agora, deixara de ser instinto, intuição. Articulava, e compreendia. Estava feliz com o que ouvira da irmã.

Rejeitou um pensamento que lhe passou pela cabeça como quem afasta um inseto. Não, ela não deixara cair o bastão de Luisinho. Aquilo não fora culpa dela. Nem de Deus, a quem ela já não mais amaldiçoava, convencida da inutilidade de amaldiçoar o que não existia. Aquilo fora coisa dos homens. E tampouco os homens se haveriam "com seus santos", como cria Dona Teresa.

"A verdade é que não há justiça neste mundo, e muito menos depois dele", pensou. "Mas há a corrida. E a passagem do bastão."

No dia em que José completou 14 anos, Maria Das Dores deu a ele o relógio que fora de Joaquim. Ficou observando o filho repetir a sequência de gestos de Luisinho, anos antes. José deu corda no relógio, acertou os ponteiros, colocou-o no pulso e ficou olhando para ele.

"Eu vi, mãe."

Percebeu que a mãe não entendeu, então, explicou:

"Eu vi quando a senhora tirou o relógio do pulso dele."

Arrependeu-se imediatamente. Ele ainda não sabia, mas eram frases como essa que destruíam a resistência de Maria das Dores. Precisou consolar a mãe. Era a primeira vez que chorava desde que retornara a Belo Horizonte.

Capítulo 24
Aurora e André, São Bernardo do Campo, 1979

Aquela era a terceira vez que André participava de uma reunião em que Aurora fazia uma exposição. Na primeira, havia sido convidado por um colega da mesma linha de montagem da Volkswagen, onde trabalhava havia sete anos. A segunda e a terceira foram a convite da própria Aurora, de quem André havia se aproximado e que já apresentara à mãe, Maria das Dores. Ela se impressionara com aquela moça.

"Ela parece que sabe tudo."

"Sabe mesmo", pensou André.

Aurora iniciou a apresentação. Disse que uma forma de entender a ditadura em curso era seguir a trajetória dos seus atos institucionais, que ela chamava de AI. Era isso que fariam naquela noite.

"Sabemos que o golpe aconteceu quase por acaso, pela iniciativa de um personagem recalcado e amalucado, o General Olímpio Mourão. Também sabemos que não havia liderança bem identificada e nem narrativa para o golpe. Tanto assim que os golpistas demoraram quase dez dias para se apresentar à nação. Isso foi feito com um "ato institucional", uma figura que não existia na Constituição em vigor e que foi criada justamente para rasgá-la completamente. Nós vamos dar uma olhada nesses atos começando com o primeiro deles, que é o ato institucional número 1, o AI-1." Fez uma breve pausa. "O Artigo 1º do AI-1 diz que a Constituição fica mantida 'com as modificações constantes deste Ato'. Mas os artigos que seguem mudam a Constituição em pontos essenciais. O Artigo 2º, por exemplo, estabelece que o Congresso elegerá o Presidente da República em até dois dias. Dois dias! Como se o jogo estivesse pouco combinado, não?"

Alguns riram. Mas, de fato, Castelo Branco foi eleito dois dias depois, no sábado, dia 11 de abril.

Aurora discutiu cada um dos artigos mostrando que eles suspendiam garantias constitucionais, autorizavam o presidente a enviar ao Congresso projetos de lei de qualquer tipo, sendo que tais projetos seriam considerados aprovados se não fossem votados em determinado intervalo de tempo, abriam espaço para a cassação de mandatos e outros direitos políticos, enfim, o AI-1 estabelecia todas as condições para um regime autoritário, de exceção.

Depois de discutir cada artigo, voltou-se para o "caput".

"Mas o mais interessante do AI-1, talvez, que deve ser lido e relido, na minha opinião, é o 'caput' do texto."

Explicou que "caput" é o texto que precede os artigos. Continuou.

"Nele, os golpistas se apresentam e criam a narrativa de que a sequência quase aleatória de fatos que sucederam aquele gesto amalucado, a iniciativa individual de um homem frustrado, havia sido uma 'Revolução'".

Aurora leu a eles o parágrafo de abertura do AI-1.

"*É indispensável fixar o conceito do movimento civil e militar que acaba de abrir ao Brasil uma nova perspectiva sobre o seu futuro. O que houve e continuará a haver neste momento, não só no espírito e no comportamento das classes armadas, como na opinião pública nacional, é uma autên-*

tica revolução."

E prosseguiu com o parágrafo seguinte e o início do outro.

"*A revolução se distingue de outros movimentos armados pelo fato de que nela se traduz, não o interesse e a vontade de um grupo, mas o interesse e a vontade da Nação.*

A revolução vitoriosa se investe no exercício do Poder Constituinte..."

Comentou:

"Agora, o último parágrafo do 'caput', aquele que precede a relação de artigos:

'*Em nome da revolução vitoriosa, e no intuito de consolidar a sua vitória, de maneira a assegurar a realização dos seus objetivos e garantir ao País um governo capaz de atender aos anseios do povo brasileiro, o Comando Supremo da Revolução, representado pelos Comandantes-em-Chefe do Exército, da Marinha e da Aeronáutica, resolve editar o seguinte.*"

Destacou:

"Ou seja, três militares se autointitulam 'Comando Supremo da Revolução', posição que o povo jamais votou ou referendou, e modificam inteiramente a Constituição brasileira com um Ato Institucional."

Prosseguiu.

"É a isso que se chama rasgar a Constituição. Como pode um regime institucionalmente autoritário, uma ditadura, dizer que se instala para proteger o país de outra ditadura, meramente hipotética? Hipotética, sim, pois não havia ditadura alguma no Brasil. Até o dia 31 de março de 1964, funcionavam regularmente todas as instituições dos três poderes, executivo, legislativo e judiciário, nas três esferas de governo, federal, estadual e municipal. Todos os dirigentes do executivo haviam sido eleitos pelo voto direto do povo. O Brasil, portanto, era uma democracia plena. Havia, de fato, rumores de possibilidades golpistas da direita ou da esquerda. Rumores! Vejam, a metáfora talvez seja pobre, mas, pensem em dois meninos que brigam na escola. Quando chega o bedel, o professor, enfim, um adulto, qual a primeira pergunta, a pergunta natural que ele faz? Ele quer saber 'quem bateu primeiro'. Pois bem. No Brasil, quem bateu primeiro foi a direita."

Aurora continuava.

"Se havia alguma dúvida quanto ao caráter ditatorial dos golpistas, essa dúvida se desfez em pouco tempo. Pouco mais de um ano depois do AI-1, veio o AI-2. Já ouvi gente dizer que é o AI-5 que explicita a ditadura. Falso! É o AI-1, com a mudança constitucional na marra, sem qualquer referendo popular. Mas o AI-2 acaba com qualquer hipótese de boa vontade dos golpistas e torna a ditadura completamente escancarada. Basta mencionar duas coisas: o fechamento do Congresso, dando ao presidente em exercício plena liberdade para governar por decretos, e a intervenção no Supremo Tribunal Federal, o STF. Com o AI-2, a composição do Supremo passou de 11 para 16 ministros. Os golpistas escolheram os cinco novos ministros e ganharam domínio completo do judiciário. Com isso, forjaram a legalidade do que era ilegal e abriram espaço para um período de corrupção ilimitada, já que não era averiguada e não havia instrumentos para contê-la."

Concluiu o raciocínio.

"Todas as vezes que alguém lhes disser que os atos da ditadura são legais, lembrem-se disso. A tal 'legalidade' vem de um STF modificado via ato institucional, sem referendo popular. Membros adicionais escolhidos a dedo aprovaram tudo o que os golpistas quiseram, com o intuito de provocar a ilusão de que havia legalidade no regime."

Aurora se entusiasmava.

"Mas a intervenção no STF não foi a única e provavelmente nem a maior barbárie do AI-2. Nele, todos os partidos políticos existentes foram sumariamente extintos. As eleições presidenciais diretas, pelo voto do povo, foram proibidas e substituídas por eleições indiretas, por maioria simples do Congresso Nacional. Agora, vejam, um Congresso acorrentado, prisioneiro, já que todos os membros sabiam que, por conta do AI-1, poderiam ter seus direitos políticos cassados a qualquer momento por decisão única e irrecorrível do ditador de plantão. Obviamente, portanto, os golpistas venceriam qualquer eleição que houvesse. Como de fato venceram, até hoje. E com o STF de interventores oficializando e legalizando todos os atos."

Achou que era melhor concluir, ainda tinha que falar sobre os AI-3, AI-4 e AI-5.

"A população percebeu. Quer dizer, desde o AI-1 já estava claro que os golpistas fariam o que quisessem, tantos foram os poderes que se autoconcederam com as modificações constitucionais que fizeram. Mas ainda havia os que criam que os propósitos eram redentores, acabar com a corrupção e 'restaurar a democracia', como se aquele não fosse um regime autoritário. Com o AI-2 e a criação das eleições indiretas por um Congresso totalmente controlado, não havia mais dúvida possível quanto às reais intenções dos golpistas. Eles queriam se perpetuar no poder. E não apenas na esfera federal. Algumas semanas depois do AI-2, veio o AI-3, proibindo as eleições diretas para os governadores de estados. Elas passaram a ser incumbência das Assembleias Estaduais, que operavam tão acorrentadas quanto o Congresso Nacional. Desde 1964, portanto, os golpistas permanecem no poder sem nenhum controle, nenhum freio democrático. E poder sem controle, dá no que dá. Um mar de lama de corrupção nas obras faraônicas que os golpistas espalham pelo país, como a Rodovia Transamazônica, a Ponte Rio-Niterói e a Usina Hidrelétrica de Itaipu."

Aurora também falou sobre o AI-4, de dezembro de 1966, destinado a convocar uma nova constituinte. "Mais uma farsa", disse ela. "A Constituição já estava tão rasgada que era melhor fazer outra, inteiramente nova, em que os golpistas teriam todo o poder. E ela foi imposta. Afinal, mutilado por cassações e amedrontado pelos golpistas, que autoridade popular tinha o Congresso Nacional para modificar a Constituição em vigor?

Concluiu.

"Mas o tiro saiu pela culatra, pois a população percebeu. O AI-2 foi publicado no final de 1965 e o AI-3 nos primeiros dias de 1966. Logo em seguida começaram as manifestações populares. Primeiro, foram os estudantes com a questão dos excedentes. Mas elas se espalharam, ampliaram o foco e ganharam adesões muito além deles. O Brasil todo clamava por liberdade. Em 1968, um estudante foi assassinado pela polícia dos golpistas, e as manifestações se recrudesceram. Parecia que a ditadura seria derrubada pelo povo."

Fez uma pausa.

"Então, veio o AI-5. Vamos fazer um intervalo, agora. O AI-5 fica pra depois."

Capítulo 25
Desculpa eu

"O que foi aquilo, tio?"

Jorge lera alguma coisa no jornal, mas ele mesmo não entendera completamente. Ele se sentia informado sobre a questão operária, que acompanhava pelo jornal sindical *O Companheiro*, que circulava na Mannesmann, onde trabalhava, mas sabia pouco sobre o movimento estudantil.

"Acho que tem a ver com os excedentes, José. Você sabe o que é isso?"

José não sabia.

"Bom, como as universidades públicas são gratuitas, muita gente quer estudar nelas. Como há mais gente do que vagas, eles fazem um exame de admissão, do mesmo jeito que é o exame de admissão para entrar no ginásio, que você prestou no Rio e aqui. Quem faz o exame tem que tirar uma nota mínima para passar, ser aprovado. Agora, mesmo aprovado, isso não significa que você conseguiu 'entrar' no curso que você quer, como eles dizem. Você tem que conseguir ficar classificado dentro do número de vagas. Por exemplo, se você foi aprovado e a sua média final deixou você no centésimo lugar num curso que tem cem vagas, você passou e entrou. Mas, se você foi aprovado e ficou em centésimo primeiro lugar, você passou, mas não entrou. Aí você é chamado de 'excedente'. Os excedentes têm demonstrado revolta com essa situação, porque, como eles foram aprovados, eles afirmam que têm condições de fazer o curso que queriam, só não conseguem porque o governo não oferece vagas em quantidade suficiente. Daí eles reclamam e fazem manifestações pedindo mais vagas. Será que era isso?"

José achava que não.

"Não vi ninguém falar nisso, tio. E, depois, a passeata era de estudantes matriculados na Federal e na Católica. Por que eles iriam reclamar de falta de vagas se já estão lá dentro?"

"Então, não sei", disse Jorge.

"Eles pediam o fim da ditadura", disse José, "e da violência policial."

Jorge ouvia.

"Tio, parecia uma guerra. No centro da cidade. Você tinha que ter visto."

Era domingo, Maria das Dores levara os filhos à casa de Elza, onde almoçariam e passariam o dia. Kumi já ia para três meses, e Elza era uma mãe experiente. Mesmo assim, Maria das Dores insistia em investir boa parte do seu tempo disponível para ajudar a irmã, indo desde ficar com os filhos mais velhos de Elza ao longo do fim de semana até lavar a roupa da casa da irmã.

José estava excitado e queria que Jorge lhe explicasse o que ele e André haviam visto no dia anterior.

Havia sido assim: Maria das Dores tinha ido ver os pais. José e André decidiram usufruir ao menos parte do dia bonito no Parque Municipal Américo Renné Giannetti, perto da região central de Belo Horizonte. O parque era próximo do local de trabalho de José e às vezes ele passeava por lá, na hora do almoço. Queria mostrá-lo ao irmão.

Ao chegarem, tiveram uma surpresa.

Havia uma multidão de estudantes concentrados à frente do Teatro Francisco Nunes. Eram alunos da Universidade Federal de Minas Gerais e da Universidade Católica. Em tese, os estudantes estavam reunidos no contexto da "Semana do Calouro", destinada a integrar os recém-admitidos aos cursos superiores dessas instituições, duas das maiores e mais tradicionais universidades de Belo Horizonte. Na prática, todavia, como o evento se realizava um mês depois do AI-3, que proibiu as eleições diretas para governadores em todo o país, o que se deu foi uma manifestação contra o golpe de 64 e a ditadura.

José e André viram quando os estudantes saíram em passeata pela avenida Afonso Pena carregando faixas e cartazes em que se liam coisas como "Civil não é alvo de fuzil" ou "A demagogia anda fardada".

Decidiram acompanhá-los, e não foram os únicos. Outros estudantes que não eram calouros, assim como muitos populares que passavam pelo centro, também aderiram. O clima era festivo, as risadas se intercalavam às palavras de ordem, José e André estavam contaminados pelo que parecia ser um ambiente inofensivo e de muita alegria.

Uma surpresa nada agradável, entretanto, os aguardava à frente.

As manifestações públicas de qualquer natureza estavam proibidas. Assim, quando a passeata se aproximava da Igreja de São José, ela foi brutalmente atacada pela polícia. Os policiais não economizaram nas granadas de armas químicas, que espalhavam um odor pestilento e faziam os olhos lacrimejar.

José e André vinham bem atrás e não chegaram a ser muito afetados pelo gás das bombas. Viram quando os estudantes em correria se aglomeraram à frente da Igreja de São José, nas escadarias e, mesmo com toda aquela balbúrdia, começaram a cantar o Hino Nacional. Ainda que sem a compreensão exata de tudo o que se passava, José se emocionou.

Amedrontado com o barulho das bombas, a correria e a gritaria dos estudantes, que configuravam um cenário de guerra, André quis ir embora, mas José quis ver mais.

"A gente olha de longe."

Ficaram. E viram quando a polícia investiu contra os estudantes nas escadarias. Acuados, muitos estudantes fugiram para dentro da igreja, imaginando que lá estariam em segurança, mas enganaram-se, pois os policiais os perseguiram templo adentro.

Nos dias seguintes, relatos de fiéis que estavam em oração revelariam que os estudantes foram perseguidos e feitos prisioneiros dentro do templo, estivessem onde estivessem. Chamou a atenção de todos, em especial, a cena de um estudante covardemente espancado por três policiais ao lado da pia batismal.

André continuava assustado. "Vamos embora, Zé."

Desta vez, José aquiesceu, e eles voltaram para casa.

No domingo, José queria os detalhes que Jorge não podia lhe dar. Ele não conseguia desviar a mente daquilo, queria saber mais, queria ver mais, queria participar. E teria uma segunda chance de fazê-lo.

Na segunda-feira, a caminho do trabalho, José voltou a encontrar os estudantes, agora reunidos na praça Afonso

Arinos, em frente à Faculdade de Direito da UFMG. Arrepiou-se com o que viu.

Os estudantes estavam calados. Na maioria, estavam vestidos de preto. Quem não usava roupas pretas tinha no peito ou nos braços uma faixa ou uma braçadeira negra, em sinal de luto. Muitos tinham se autoamordaçado. Carregavam faixas e cartazes sem nada escrito, pois estavam pintados de preto. Nas janelas de alguns dos prédios em volta da praça, pessoas haviam pendurado roupas e panos pretos, a demonstrar solidariedade para com a ação dos estudantes.

Aquela seria a Passeata do Silêncio, a criativa forma que os estudantes encontraram para protestar contra as arbitrariedades e a violência que haviam sofrido dois dias antes, na Passeata dos Calouros. Se nada havia nos cartazes, a polícia não podia rasgá-los e destruí-los sob a acusação de que agrediam o regime e as autoridades, como haviam feito no sábado. E, como estavam amordaçados, ou simplesmente silentes, também não se podia alegar que usavam palavras de ordem ofensivas.

José notou que a Passeata do Silêncio tinha bem mais gente do que a dos Calouros. De fato, ao longo do fim de semana, assembleias estudantis haviam aprovado uma greve de três dias em repúdio à ação da polícia. A violência que sofreram os mobilizara, não eram mais só da Federal e da Católica, muitas outras das escolas de ensino superior de Belo Horizonte aderiram. Com as aulas suspensas, o movimento já não se restringia aos calouros, eram alunos de todos os anos.

Mantendo o silêncio, os estudantes deixaram a praça Afonso Arinos e rumaram novamente para a Igreja de São José. A imagem daquela multidão de jovens ocupando a avenida em completo silêncio emocionava quem a via. Por onde passavam, os estudantes eram aplaudidos por populares. José usou o fato de ser mensageiro, o que significava que passava boa parte do dia na rua, levando e trazendo documentos e mensagens, para acompanhá-los à distância.

Quando a passeata chegou em frente à igreja, os estudantes se posicionaram nas escadarias, sempre em silêncio. A imprensa os fotografava quando, como no sábado, sem qualquer provocação, a polícia os atacou com granadas químicas. Os estudantes voltaram a buscar proteção no templo. Desta vez, contudo, encontraram as portas trancadas. Os padres haviam tomado essa providência para que a profanação ocorrida no sábado não se repetisse.

Novamente, houve correria, mas a polícia havia cercado toda a área, isolando os quarteirões onde ficavam a Igreja de São José e a Assembleia Legislativa do Estado. Os estudantes não tinham para onde fugir. Dezenas deles foram presos e encaminhados ao DOPS.

O episódio não se encerraria ali. Nos dias seguintes, os estudantes fariam novas assembleias e denunciariam a violência e as arbitrariedades.

Já a polícia divulgaria a descoberta de material subversivo entre os estudantes e denunciaria "um plano comunista contra o governo revolucionário".

Passeatas ou demonstrações de qualquer natureza voltaram a ser terminantemente proibidas.

Mas já não importava.

O Brasil todo tinha visto o que acontecera em Belo Horizonte.

Maria das Dores transformara aquilo em um hábito. Aos sábados pela manhã, ia à casa dos pais. Conversava um pouco com a mãe e a irmã, falando das novidades da semana, que nunca eram muitas, mas ela não escondia de ninguém – e ninguém reclamava – que sua dedicação maior era ao pai.

Teresinha era uma verdadeira sombra da mãe, parecia não ter vida própria. Característica, aliás, que transmitira ao filho, pensava Maria das Dores. Manuel era um menino sem vida, estava sempre amuado. Ele e André tinham praticamente a mesma idade e, mais em respeito aos pedidos da mãe do que por vontade própria, André buscou uma aproximação que não aconteceu. Manuel até lhe deu alguma atenção enquanto o primo era uma novidade, mas, então, sem motivo aparente, desinteressou-se. Das Dores percebeu e, depois de ver o filho fazer algumas tentativas sem reciprocidade, deixou de pedir isso a ele.

Dona Teresa, em contrapartida, sempre de turbante, quer dizer, ojá, dominava a casa com uma onipresença sempiterna. Falava alto, tomava todas as decisões e dava ordens. Cultivava, enfim, no ambiente doméstico, a mesma autoridade de mãe de santo que Das Dores a vira exercer na casa do candomblé.

E Seu Luís lhe inspirava pena, muita pena. Conforme ela observara, ele passava boa parte do dia, qualquer dia, do lado de fora da casa, em pé, ao lado do portão, observando o movimento da rua. Dobrava uma perna cujo pé apoiava contra a parede e sustentava o corpo na outra. Depois de muito tempo, trocava a posição, invertendo as pernas. E era isso. Ele já não fumava mais e não lia mais o jornal, uma das coisas que gostava de fazer, ao menos era essa a lembrança que Das Dores guardava da infância. Tampouco ouvia rádio, nem mesmo os jogos do Cruzeiro, time de sua paixão. Um dia ela lhe perguntara algo sobre o Cruzeiro, para ver se o animava, e ele apenas ficou olhando para ela, sem esboçar resposta ou qualquer interesse.

A filha passava parte da manhã de sábado ao seu lado, quando lhe contava histórias a respeito de sua vida no Rio de Janeiro. Contou-lhe tudo sobre Joaquim, sobre os pais dele, sobre Dom Helder. O barulho dos carros atrapalhava um pouco, mas Seu Luís ouvia, não se queixava e parecia atento. Tanto assim que, às vezes, embora raramente, tinha uma pergunta. Aí, era uma dificuldade. Das Dores se esforçava para compreender o que ele tentava dizer, mas não era fácil. Então, ia para dentro, buscar papel e lápis, trazia um apoio que ela mesmo segurava enquanto o pai fazia seus rabiscos com a mão esquerda.

Um dia, os rabiscos de Seu Luís diziam apenas: "Luisinho".

Sentiu um calafrio, sempre evitava falar sobre o filho mais velho. Pensou no que dizer. Refletiu um pouco e, então, decidiu falar tudo. Contou de novo mesmo aquilo que ela sabia que ele sabia e muita coisa que não havia contado sequer à mãe, por exemplo, o episódio que guardava na memória como o segundo pior dia de sua vida.

Não teve receio de falar no nome de Seu Manuel e, quando o fez, não acrescentou qualquer comentário, limitou--se aos fatos. Estava falando do interesse de Luisinho pelas palestras de Dom Helder Câmara quando Teresinha veio dizer que o almoço estava pronto.

Das Dores só ia embora depois de ter dado almoço ao pai, fazia questão. O pai comia um pouco antes dos outros, estavam só os dois à mesa. Das Dores lhe dava a comida e continuava falando de Luisinho. Num determinado momento, o pai quis dizer algo. Ela foi buscar papel, mas ele a segurou com o braço bom. Queria falar. Das Dores postou-se atenta, sabia que o pai se atrapalhava se o interlocutor demonstrasse ansiedade em entender ou, pior, buscasse ajudá-lo. Então, apenas calou-se e ficou olhando para ele.

Depois de uma pequena agitação, Seu Luís acalmou-se, e conseguiu articular. Das Dores ouviu, e entendeu. Com uma clareza que poucas vezes conseguira, e num tom de voz baixo, como querendo que só ela escutasse, na casa pequena, Seu Luís disse:

"Desculpa eu."

Maria das Dores depositou o prato e o talher sobre a mesa. Estava emocionada, mas controlava o choro. Então, beijou o pai, primeiro nas mãos, depois, na face. E lhe disse.

"Desculpa eu, pai."

Depois das férias de inverno, quando as aulas recomeçaram, André disse ao irmão: "Agora tem uma biblioteca na minha escola, você quer que eu tire algum livro pra você?".

Sabia que José gostava de ler, o gosto viera por influência de Luisinho. E, sim, havia um que ele queria.

"Vê se tem *Seara vermelha*. É do Jorge Amado. Faz tempo que eu queria ler porque era o livro que o Luisinho estava lendo..."

Não completou a frase. Se o fizesse, teria que dizer, "... quando ele morreu".

André não fez perguntas.

No domingo seguinte, era a vez da família de Elza passar o dia na casa de Das Dores. Depois do almoço, Jorge foi tirar um cochilo no sofá em que Maria das Dores dormia. Quando repousou a cabeça sobre a almofada, notou que havia algo sob ela. Pôs a mão e puxou o livro.

"Quem está lendo?", perguntou a José, que vinha de fora e cruzava a sala.

"Era eu, acabei ontem à noite. Um dos melhores livros que já li", disse Jorge.

Resolveu testar o sobrinho. Lembrava-se mais ou menos do que estava escrito, mas quis ser preciso. Então, abriu na última página e leu em voz alta.

"*Os brotos de dor e de revolta cresciam naquela seara vermelha de sangue e de fome...*"

Calou-se. José já estava na cozinha quando ouviu. Então, voltou à sala, e completou:

"*... era chegado o tempo da colheita.*"

Fez uma pausa.

"Tão bonito, não, tio?"

"Bonito, muito bonito", concordou Jorge.

Tio e sobrinho ficaram se encarando por alguns instantes. Então, José retomou seu caminho e Jorge deu início a seu cochilo.

Capítulo 26
José

E lá vai Maria das Dores aproveitando as caminhadas de ida e volta ao trabalho para fazer seus balanços de vida.

Tinha voltado a Belo Horizonte havia mais de dois anos, quase três, e tinha uma rotina bem estabelecida na qual se sentia segura. Reencontrara a família, reaproximara-se de todos eles, especialmente do pai e de Elza, e não tinha problemas com a mãe e a irmã, não importava a opção que tinham feito pela dedicação praticamente integral ao candomblé. Estavam no direito delas. Fato é que Maria das Dores identificava-se como parte de um todo como nunca acontecera no Rio de Janeiro, nem mesmo quando Joaquim era vivo.

A decisão tinha sido acertada, e ela celebrava isso.

Aos poucos, Seu Manuel deixara de ser um fantasma. Aquele homem nojento fora responsável por muitos anos de seu sofrimento. Nos primeiros meses de seu retorno, ideias esparsas lhe passavam pela cabeça, algumas tão violentas que ela as afastava não sem antes se escandalizar com o próprio pensamento. Certo dia, aventou com Elza a possibilidade de denunciá-lo. A irmã abateu a ideia com pragmatismo.

"Na polícia, Das Dores? Nós contra ele? E, ainda por cima, depois de quase vinte anos? Você enlouqueceu? Era mais fácil dar um jeito de matá-lo. Você não quer isso, quer?"

Das Dores não respondeu.

Os dois filhos estavam crescendo. André ainda era pequeno, mas aquele corpo magro com membros desproporcionalmente grandes indicava que seria um menino alto e forte, como José já se tornara. Maria das Dores até estranhava um pouco, Joaquim era um homem forte, mas não era alto.

O filho que ainda chamava de "o do meio" havia se matriculado no curso de Madureza no início daquele ano, quando completara 16 anos, a idade mínima para ingressar no curso. Concluiria o equivalente ao Ginásio junto com André, portanto, ao final de 1968. Ele agora era auxiliar de escritório, já não trabalhava mais na rua e finalmente ganhava um salário-mínimo inteiro, que, somado ao dela, compunha um orçamento que tinha até certa folga, levando-se em consideração a vida espartana que levavam.

Havia algo em relação a José, todavia, que a preocupava. Ele ficara totalmente encantado com a movimentação estudantil que observara no ano anterior, na Passeata dos Calouros seguida pela Passeata do Silêncio. Como ele trabalhava no centro de Belo Horizonte, onde as coisas aconteciam, e estava sempre atento, era comum voltar para casa contando ao irmão e a ela que acompanhara uma manifestação, por menor que fosse.

Os estudantes de Belo Horizonte haviam desenvolvido uma técnica de comícios relâmpagos. Eles aconteciam a qualquer hora e em qualquer lugar em que houvesse muita gente circulando. Um estudante subia em alguma coisa alta, podia ser uma caixa, do tipo caixote de sapateiro, e fazia um discurso rápido, denunciando a ditadura, as perseguições políticas, a tortura e a corrupção. Tudo isso em poucos minutos. Como não havia qualquer programação, a polícia não tinha como antecipar e reprimir. José circulava pelo centro, em seu horário de almoço, que era quando esses comícios mais aconteciam, sempre torcendo para ter a chance de acompanhar um deles.

Em setembro do ano anterior, acompanhara toda a movimentação dos cerca de 500 estudantes que ocuparam a Faculdade de Direito da UFMG exigindo que libertassem os colegas detidos pela Delegacia de Vigilância Social. Entusiasmado com o que via, aproximou-se mais do que o normal, chegou a circular entre os estudantes.

José não podia supor que, rara, para aquele meio, sua cor o destacava, fazendo-o mais facilmente identificável.

José também acompanhava pelos jornais as diversas manifestações de estudantes que ocorriam no Rio e em São Paulo, muitas delas promovidas, de fato, pelos tais excedentes de que Jorge lhe falara.

André ouvia com interesse os relatos que o irmão lhe fazia, enquanto Maria das Dores demonstrava apreensão.

Um dia, advertiu o filho. "Toma cuidado, Zé. Quem procura sarna pra se coçar sempre encontra. Essas coisas são proibidas. Por que se meter com elas?"

Não imaginava a reação do filho. José era sempre muito respeitoso com a mãe e, a bem da verdade, também foi naquele dia. Mas pareceu se inspirar nos comícios relâmpagos que acompanhava para fazer, ele mesmo, o seu, ainda que para uma plateia de apenas duas pessoas.

"Tem coisas acontecendo, mãe, a gente não pode fingir que não. Tem gente sendo presa sem nem saber por que, estudante sendo perseguido só porque participou de uma passeata. E veja o que o tio Jorge conta. O governo militar acabou com a estabilidade no emprego, agora as empresas podem despedir quem quiser, quando quiser, mesmo que já tenha vinte anos de casa. Ou mais. Não era assim, antes. Os preços sobem, mas os salários, não. A vida fica cada vez mais difícil para nós, para o povo. Mas não para quem governa. Esses sempre têm tudo. A gente existe, mãe. Tem direitos."

Concluiu com uma frase que, mesmo que não fosse essa a intenção do filho, atingiu a mãe no fundo do coração.

"A gente não pode fingir que é invisível, mãe."

Foi como se Maria das Dores tivesse levado um soco no peito.

José tinha razão.

Não, espera aí. José tinha razão?

Pensava e se perguntava, enquanto caminhava. Estava insegura. Sabia que o manto da invisibilidade que aprendera a cultivar desde sempre, com maior meticulosidade em locais como a casa de Dona Eurídice, ou a de Dona Nice, sempre fora sua principal proteção. E, de fato, sabia que ele sempre lhe valera, cumprira essa finalidade protetora que ela buscava. Mas reconhecia que usá-lo indefinidamente não contribuiria para nenhuma mudança.

Assim, Maria das Dores tinha uma nova dúvida existencial. E uma escolha difícil.

Capítulo 27
A greve

José havia voltado das aulas e, na cama, antes de dormir, contava ao irmão o que lera no jornal, naquele dia, no trabalho.

"É um restaurante de estudantes, André, fica no centro do Rio. Chama Calabouço. Os estudantes estavam revoltados por causa do preço da comida, que não parava de subir. É como aqui. Os preços todos sobem, mas não os salários".

O irmão acompanhava atento.

Os meninos dormiam no único quarto da casa, Maria das Dores decidira assim, era ela quem dormia na sala. Eles não queriam aceitar, mas a mãe impusera sua autoridade.

Da sala, insone, como acontecera tantas vezes na vida – era o melhor jeito de acompanhar o que se passava com os filhos –, Maria das Dores também ouvia o relato de José.

A tensão durara o dia todo, mas a polícia só decidiu agir quando anoiteceu. Chegaram com violência, acuando os estudantes que estavam do lado de fora, na rua, e se refugiaram no restaurante. A polícia recuou e as coisas pareciam ter se acalmado, mas os policiais voltaram quando ouviram tiros que partiram de um prédio nas imediações.

"Imagina, André. Um espaço pequeno cheio de estudantes acuados e a polícia entra atirando. Mataram um estudante com um tiro à queima-roupa e feriram outro, que foi para o hospital em estado grave. O que morreu se chamava Edson."

A polícia recebeu ordens para recuar quando quem os liderava percebeu que haviam produzido um cadáver. Os estudantes não permitiram que o corpo de Edson Luís de Lima Souto fosse levado para o IML, Instituto Médico Legal, por temer que desaparecessem com ele. Aquela era uma prática comum da polícia, notadamente quando a vítima era alguém humilde. Em alguns casos, até mesmo se fosse branca. Sem corpo, não havia crime, sem crime, não havia inquérito a ser seguido e, sem inquérito, uma preocupação a menos para aqueles que garantiam a paz e a integridade... de alguns. Alguns poucos.

"Os estudantes carregaram o corpo de Edson até a Assembleia Legislativa. Já era muito tarde, deixaram o enterro para o dia seguinte. O jornal mostra a foto da procissão acompanhando o caixão para o cemitério. Era um mar de gente, André."

André falou pela primeira vez.

"Um tiro à queima-roupa. Te lembra alguma coisa, Zé?"

É claro que lembrava, mas José não respondeu o óbvio, preferindo registrar uma premonição.

"O que eu sei, André, é que alguma coisa vai acontecer neste país. Não dá pra continuar assim. Simplesmente não dá."

Jorge tinha chegado à Mannesmann para mais uma terça-feira de trabalho. Levantava-se muito cedo para pegar o ônibus que levava uma hora para chegar à empresa onde tinha que estar às sete da manhã, no início de seu turno.

Nas últimas semanas, pela leitura de *O Companheiro*, havia notado uma elevação no tom das críticas à situação de penúria a que estavam sendo submetidos pela inexistência de reajustes salariais. Um clima pesado pairava no ar, corriam boatos, falava-se que os sindicatos convocariam uma assembleia, havia a possibilidade de paralização. Jorge era cético.

"Aqui? Em Minas?", e emendava, "Pior, em Contagem?"

Achava que não. Se acontecesse, seria no Rio, ou em São Paulo, no ABC Paulista, onde trabalhava João, talvez. Lá, as coisas eram mais organizadas.

Ele tinha razão, eram mesmo. Mas, justamente por isso, também eram mais observadas, vigiadas, monitoradas.

Já naquele fim de mundo...

Então, aconteceu.

A notícia chegou correndo como um rastilho de pólvora e se propagou em todas as empresas da Cidade Industrial quase imediatamente. Minutos depois, chegava na Mannesmann, que ficava mais distante. Era a rádio peão, como se dizia à época, só que na base dos berros, com gente falando junto e sem qualquer organização.

"Pararam a Belgo-Mineira."

"O quê?"

"A trefilaria da Belgo-Mineira."

"O que tem a trefilaria?"

"Pararam. Eles pararam. Estão em greve."

"Na Belgo?"

Era a primeira manifestação operária do Brasil desde o golpe de 1964. E ela aconteceu em Contagem, Minas Gerais, no dia 16 de abril de 1968. Não foi nem mesmo em Belo Horizonte. Foi naquele fim de mundo.

Não houve preparação prévia, organização sindical, não houve coisa nenhuma. Foram os empregados da fábrica, espontaneamente. Não havia sequer uma liderança claramente identificada.

Jorge emocionou-se.

"*... a seara vermelha de sangue e de fome...*"

Anos depois, professores universitários e pesquisadores acadêmicos debruçados sobre a análise dos fatos abandonariam ao menos parcialmente a tese de que aquele fora um movimento espontâneo em favor da tese substituta, que dizia que ele fora um produto de um ambiente politizado pelos sindicatos e alavancado pelas circunstâncias.

Em seu afã reformista, o governo havia eliminado diversas conquistas trabalhistas negociadas ao longo de décadas de industrialização do país e promovido um dos maiores arrochos salariais da história. Cometeram o erro de passar do ponto.

A Belgo-Mineira se estabelecera havia pouco tempo na Cidade Industrial de Contagem e seus pouco mais de 1.200 operários não se notabilizavam por um histórico de lutas e tradições reivindicatórias. O movimento eclodira localmente e sua pauta restringia-se a melhores salários – queriam uma reposição de 25% – e condições de trabalho, que pleiteavam diretamente à direção da Belgo.

Certamente não previram o que se seguiria.

Em três dias, praticamente toda a Cidade Industrial tinha aderido à paralização. Ato contínuo, pararam a Mannesmann e outras das maiores empresas da região. Dias depois, a adesão extrapolou o município com a parada da Belgo-Mineira, de João Monlevade, e da Acesita, no Vale do Aço, a duzentos quilômetros de distância. A quantidade de operários parados crescia rapidamente.

O entusiasmo com as adesões confrontava-se com um problema inesperado. Pelas proporções que o movimento tomara, abarcando empresas de diferentes áreas de atuação, de repente os grevistas se deram conta de que já não dispunham de um interlocutor único com quem negociar. Então, foram às ruas. Em pouco tempo, passeatas e manifestações traziam cartazes clamando pelo aumento de 25%. Não demorou muito e elas também pediam o fim da ditadura.

O governo assustou-se.

Vinham lidando com os estudantes com alguma dificuldade, nos últimos meses, mas sem grandes receios. Os militares mais radicais, "a tigrada", como viriam a ser conhecidos os defensores ostensivos da repressão e da tortura, criticavam abertamente o que julgavam ser um excesso de tolerância para com aqueles jovens. Podia ser, podia não ser, os governistas se dividiam. Agora, aquilo? Aquilo era outra coisa. Os operários da linha de produção compunham a espinha dorsal das indústrias. Parados, eles paravam a economia da nação. Aquilo tinha que ser estancado.

Num gesto ousado, que receberia muitas interpretações e causaria debates durante anos, o coronel Jarbas Passarinho, então Ministro do Trabalho, decidiu comparecer a uma reunião de sindicatos, em Belo Horizonte, para debater com os trabalhadores.

Chegou com uma escolta farta e ostensiva, de resto desnecessária, tal era o aparato policial que cercava os arredores. O coronel começou falando manso, mas percebeu que a retórica que escolheu para dirigir-se à multidão não agradou aos trabalhadores. Havia muito barulho, os operários conversavam o tempo todo, alguns riam alto. Então, ele elevou o tom. Pelas tantas, terminou uma frase dizendo que operários deveriam pôr fim imediatamente àquela "greve ilegal".

Ia emendar essa frase em outra, mas parou de repente quando viu um operário que estava nas primeiras filas levantar-se. Eles haviam se sentado em atenção aos pedidos dos que ficavam mais atrás, que queriam ter visibilidade. O inusitado da cena congelou não apenas o ministro, mas a todos. Por um instante, todos os olhos se voltaram para aquele operário em pé, cercado por outros, sentados. O operário levantou o braço e mostrou a todos a marmita vazia que carregava. Então, disse a frase de apenas quatro palavras e doze letras que viria a ser repetida inúmeras vezes, naqueles dias e nos muitos anos que se seguiram, naquela e em muitas outras greves, e que, em anos melhores, muito à frente, seriam pronunciadas por um presidente da República:

"Ilegal é a fome."

A multidão urrou.

O coronel ministro voltou a Brasília sem alcançar seu objetivo, que era o fim do movimento grevista. Da capital, comandou a repressão, abrindo espaço para a violência da polícia que interrompeu passeatas, desfez reuniões, efetuou prisões e bateu pesado.

Os grevistas não cederam. No dia 24, oito dias depois da eclosão da greve, Passarinho foi à TV para fazer novas ameaças. Entretanto, no dia 1º de Maio, Dia do Trabalho, o presidente Costa e Silva anunciaria um abono salarial de 10% para todos os operários do Brasil.

"Todos os operários do Brasil", leu Jorge no jornal, em voz alta, para Elza.

Era a primeira greve e a primeira conquista desde o golpe, havia mais de quatro anos.

E tudo começara em Contagem, MG.

O movimento de paralização iniciado em Contagem foi o estopim de uma série de outros que ocorreriam ao longo das semanas e meses seguintes daquele ano de 1968.

Dentre os mais notáveis deles estaria a greve de Osasco, na Grande São Paulo, que ocorreu em julho. Ela teve início na metalúrgica Cobrasma, onde cerca de três mil trabalhadores cruzaram os braços em luta por uma pauta de reivindicações que começava pela exigência de um reajuste de 35%.

Escolado, o governo reagiu desde o início com forte repressão. A Cobrasma foi cercada por tropas do Exército intimidadoras e fortemente armadas. Os operários resistiram ao cerco durante um dia inteiro, mas foram desalojados de madrugada. O movimento sucumbiu e encerrou-se melancolicamente, sem a conquista de nenhum dos itens da pauta.

A derrota em Osasco foi muito sentida e a intervenção que o governo impôs aos sindicatos, eficiente. Seriam necessários mais de 10 anos até que uma nova paralização operária de maior vulto viesse a ser produzida.

Contudo, se o governo fora bem-sucedido na repressão aos operários, ele tinha outras razões para se manter preocupado. Os estudantes não saíam das ruas. E, aos poucos, ganhavam companhia.

O assassinato do estudante Edson Luís nos últimos dias de março de 1968 colocou o país numa trajetória de turbulência permanente. As manifestações populares se sucediam em diversas capitais do país e eram sistematicamente reprimidas por uma polícia que aplicava contra os manifestantes uma violência impiedosa e crescente.

Um exemplo disso ocorreu ao término da missa de sétimo dia da morte de Edson, realizada na Igreja de Nossa Senhora da Candelária, no Centro do Rio de Janeiro, no dia 4 de abril. A multidão que deixava o templo foi atacada por um contingente de mais de 500 soldados, muitos deles a cavalo. Portavam sabres intimidadores. Granadas químicas foram fartamente empregadas e houve corre-corre. Não houve mortos, mas algumas dezenas de feridos.

Todas as semanas corriam boatos de fechamento do Congresso ou de declaração de estado de sítio. Falava-se que o governo tinha pronto um novo Ato Institucional, que seria utilizado para endurecer as regras do regime. E ele viria, de fato, alguns meses adiante.

Enquanto isso, as manifestações tinham continuidade. Os estudantes eram os protagonistas, até porque dispunham de mais organização – as universidades tinham seus Diretórios Centrais e, claro, havia a UNE – e experiência adquirida nas manifestações de anos anteriores relativas à questão dos excedentes. Nos protestos que faziam por todo o Brasil, havia três denominadores comuns: a pauta, que agora convergira para a luta pelo fim da ditadura, a adesão popular e a violenta repressão policial.

Nada se compararia, contudo, ao que se veria nos dias 21 e 26 de junho, quando ocorreram, respectivamente, a Sexta-feira Sangrenta e a Passeata dos 100 Mil, ambas no Rio de Janeiro.

Na sexta-feira, dia 21, uma passeata de estudantes que, como de hábito, contava com a adesão de populares e pedia o fim da ditadura, foi mais uma vez atacada com violência pela polícia. Desta vez, contudo, houve reação. À parte a disparidade absurda de forças, a batalha entre a polícia fortemente armada e o povo, que dispunha de paus e pedras e a eventual contribuição de objetos jogados contra a polícia do alto dos edifícios – coisas como cinzeiros e grampeadores –, durou mais de dez horas. Ao término delas, os registros davam conta de quatro mortes, dezenas de pessoas baleadas e centenas de pessoas presas.

Muitas negociações foram necessárias para que a carnificina não se repetisse menos de uma semana depois, na quarta-feira, dia 26, quando estudantes, renomados intelectuais, artistas populares e diversos representantes do clero, além, é claro, do povo em geral, concentraram-se no final da manhã na região da Cinelândia, no centro da cidade. O dia foi longo, pois muitos discursaram contra a ditadura antes que seguissem em marcha na direção da Igreja da Candelária. As estimativas quanto ao número de presentes variaram muito, houve quem supusesse a presença de pelo menos 300 mil pessoas. Seja como for, aquele dia ficaria conhecido na história como o dia da Passeata dos 100 Mil.

A situação na Grande Belo Horizonte não era diferente. Os estudantes estavam permanentemente mobilizados, e os operários, em outubro, promoveram outra greve, esta sob a coordenação geral dos sindicatos. Mais bem preparada e mais organizada do que o movimento espontâneo que irrompera na Belgo-Mineira cinco meses antes, a greve de outubro contou com adesão maciça dos operários de Belo Horizonte e de Contagem. Paradoxalmente, contudo, o esmero da preparação aumentou sua visibilidade. Os órgãos de repressão estavam prontos e entraram em ação quase que imediatamente após a eclosão do movimento.

Os dias que se seguiram à greve foram de cerco e prisão das lideranças. A polícia fez buscas em diversos ambientes, inclusive o eclesiástico e, no final de novembro, prendeu os padres franceses Michel Marie Le Ven, François-Xavier Berthou e Hervé Croguennec, juntamente com o diácono brasileiro José Geraldo da Cruz, que tinha ligação com o movimento estudantil da Universidade Católica e anos mais tarde viria a se tornar bispo. A acusação era a de "compromisso solidário" com a classe operária em greve. Correram boatos, posteriormente confirmados, de que os padres estavam sendo torturados na prisão. Isso levou à intervenção do cônsul francês, que logrou êxito na transferência dos prisioneiros para um cárcere menos bárbaro, impedindo um incidente diplomático mais grave.

Com seu interesse habitual, José acompanhava as manifestações do jeito que podia. Em um de seus horários de almoço, ouviu o comício relâmpago que um estudante fez do alto das escadarias da Igreja de São José. O rapaz denunciava a prisão e a tortura dos padres franceses e do diácono brasileiro e convocou a todos para uma manifestação de protesto que se concentraria ali, na frente da igreja, na tarde do dia 12 de dezembro, feriado comemorativo do aniversário da cidade de Belo Horizonte. Naquele, em especial, era esperada a presença do então presidente Costa e Silva.

No meio da tarde do dia 12, José disse a Maria das Dores que iria passear no Parque Municipal Américo Renné Giannetti. Das Dores sugeriu que ele levasse André, mas José inventou uma desculpa que arrancou um sorriso da mãe.

"É que eu vou encontrar uma menina, mãe."

O centro estava vazio. Quando José chegou à igreja, encontrou uma quantidade muito reduzida de estudantes. Observando de longe, como de hábito, pensou: "Esses aí não vão a lugar nenhum, são muito poucos".

De repente, sirenes da polícia, soando próximas, levaram pânico aos estudantes, que saíram correndo em debandada em diversos sentidos diferentes. Alguns deles passaram rente a José que, vendo a polícia se aproximar, achou melhor correr também. Foi agarrado quando corria pela avenida Afonso Pena.

"Eu não sou estuda...", gritou, mas sem chegar ao fim da palavra, pois tomou um soco no estômago que lhe cortou o fôlego.

Foi empurrado de volta à igreja na companhia de dois outros rapazes. Quando ia ser colocado dentro do camburão da polícia, voltou a dizer: "Eu não sou estudante".

Confuso pelo fato de José ser negro e de não haver outros negros entre os estudantes, o soldado que o segurava olhou para o sargento que comandava a operação.

"Estou de olho nesse negrinho faz tempo", disse o sargento. "Cansei de ver ele acompanhando qualquer protesto ou passeata. Bota pra dentro".

José foi preso.

Era quinta-feira, 12 de dezembro de 1968, dia em que Belo Horizonte completava seu 71º aniversário.

No dia seguinte, no Rio de Janeiro, reunido com o vice-presidente Pedro Aleixo e todo o seu Ministério, Costa e Silva assinaria o famigerado Ato Institucional número 5.

Capítulo 28

Aurora e André,
São Bernardo do Campo, 1979

Durante a pausa combinada antes de iniciar a discussão do AI-5, André mais uma vez postou-se ao fim da fila para abordar Aurora.

"Minha mãe gostou muito de você", disse André.

"Ela é muito simpática", respondeu Aurora.

"Ela disse que você sabe tudo. E eu concordei."

Aurora deu risada, mas desconversou.

"Deu pra acompanhar essa primeira parte dos atos um a quatro?"

"Deu, sim, eu não sabia nada disso."

"Esse é um problema comum, André, não é só você que não sabe. Pela minha experiência conversando com as pessoas, ninguém sabe, ninguém acompanha. É por isso que fazemos esse tipo de reunião. Para conscientizar quantas pessoas conseguirmos."

Voltaram à reunião.

A palavra era de Aurora.

"Antes de entrar no AI-5, vamos conhecer o seu autor, Luís Antônio da Gama e Silva. Gama e Silva, como ele era conhecido, foi ministro da Justiça de Costa e Silva, o ditador de plantão entre o começo de 1967 e meados de 1969, quando ficou doente. Ouçam o currículo de Gama e Silva: em primeiro lugar, era filho de um advogado formado pela Faculdade de Direito do Largo São Francisco, uma faculdade da elite paulista, ou seja, nasceu em berço de ouro. Como seu pai,

Gama e Silva também se formou em direito por essa mesma faculdade. Foi professor universitário, chegando a catedrático, que é o posto máximo da carreira docente. Foi diretor da Faculdade de Direito do Largo São Francisco. Finalmente, foi reitor da USP. Ou seja, uma carreira acadêmica rara e invejável. E por que é importante saber disso? Porque, como vamos ver, o AI-5 foi um ato destinado a violentar os direitos mais elementares de cidadania do povo brasileiro. E cumpriu seu papel muito bem, aliás, tal a barbárie que produziu. Então, é importante saber que por trás do ato assinado pelo ditador e seus ministros está alguém que é, ao menos supostamente, um intelectual de altíssima cepa. O fato de Gama e Silva ser o autor do AI-5 sintetiza a aliança estabelecida no golpe de 1964, quando se juntaram as oligarquias, a burguesia que se supõe aristocrática e se julga intelectual e, finalmente, os militares, o braço armado das anteriores. Tudo isso somado aos penduricalhos já embutidos nessa aliança, como a imprensa, por exemplo. Do outro lado, sozinho, o povo."

Fez uma pausa.

"Mas, vamos ao conteúdo do AI-5. O Artigo 1º é semelhante ao de outros atos. Começa com a hipocrisia de registrar que a Constituição fica mantida. Notem, aliás, que a Constituição a que este ato se refere agora não é mais a de 1946, mas a de 1967, já um produto dos golpistas. Assim mesmo, com a hipocrisia dos Atos Institucionais anteriores, o artigo registra que ela fica mantida 'com as modificações constantes deste Ato Institucional'. Daí seguem-se diversos artigos que mudam pontos essenciais e fundamentais da constituição, incluindo cláusulas supostamente pétreas."

Aurora percorreu cada um dos 12 artigos do AI-5. Demonstrou que, em resumo, a partir dele, o presidente da República tinha todos os poderes.

Ele podia fechar quando quisesse, a seu único critério, o Congresso Nacional, as Assembleias Legislativas Estaduais e as Câmaras Municipais, transferindo todas as suas atribuições ao Poder Executivo. Podia intervir nos estados e municípios, ou seja, nomear diretamente, sem consulta popular, quer dizer, sem eleições, interventores que fariam as vezes de governadores e prefeitos para chefiar o Executivo justamente no momento, aliás, em que eles tinham todos os poderes usurpados do Legislativo. Podia cassar mandatos e suspender direitos políticos de qualquer cidadão. Podia remover pessoas de cargos com mandatos em qualquer lugar, como Universidades, por exemplo, transferindo-as de função, de local, aposentando-as compulsoriamente etc. Ainda, o AI-5 registrava que todos os atos praticados em decorrência do AI-5 ficariam excluídos "de qualquer apreciação judicial", ou seja, o presidente decidiu e fez, está decidido e feito, não há qualquer apelação possível. Finalmente, suspendia o habeas corpus para o caso de crimes políticos.

Aurora comentou esse ponto.

"Para quem não sabe, o habeas corpus, que significa, ao pé da letra, 'corpo em liberdade', é um fundamento jurídico muito antigo, remonta à Idade Média, e universal, tanto assim que faz parte da Declaração Universal dos Direitos Humanos. Ele estava previsto até na Constituição de 1967, imposta pelos golpistas. A ideia do habeas corpus está associada à garantia dos direitos fundamentais do indivíduo. É uma forma de prevenir ou anular a prisão arbitrária feita por motivos outros que não o estrito cumprimento da lei. Ou seja, a supressão do habeas corpus significava, na prática, que qualquer pessoa poderia ser presa e mantida presa ao arrepio da lei. As portas do inferno que, como vimos, estavam abertas desde o golpe de 64, com o AI-1, foram escancaradas. Os golpistas podiam prender quem quisessem e manter as pessoas presas por tempo indeterminado. Teve início um período – que ainda perdura, mesmo com a revogação do AI-5, no ano passado – em que dezenas de milhares de brasileiros foram perseguidos, presos e barbaramente torturados. Centenas foram assassinados. Houve requintes de hipocrisia e sadismo. Foram forjados tiroteios em fugas falsas e apregoados suicídios completamente improváveis. Além disso, a ditadura desapareceu com muitos corpos de cidadãos assassinados, o que significa que filhos, viúvos e viúvas estão à mercê de complicações jurídicas pela ausência de um simples atestado de óbito, impossibilitando o recebimento de aposentadorias, a conclusão de inventários etc."

Aurora acrescentou alguns comentários sobre a reunião ministerial convocada por Costa e Silva para a assinatura do AI-5.

"O ditador ouviu cada ministro, havia civis – alguns professores universitários, ou seja, de novo a aliança – e militares entre eles. Obteve 100% de concordância. Jarbas Passarinho, que era militar, disse uma frase que ficou famosa. Declarou não apenas concordar com tudo como mandou '*às favas todos os escrúpulos de consciência*'. O único a levantar objeções foi o vice-presidente, o civil Pedro Aleixo. E isso viria a lhe custar caro. Poucos meses depois, Costa e Silva ficou muito doente. Aos poucos, ficou claro que a doença era irreversível e, portanto, ele precisaria ser formalmente substituído da função de presidente. A Constituição de 1967 previa que o vice assumisse. Ou seja, seria a vez do civil Pedro Aleixo, que manifestara dúvidas diante do AI-5. Os militares não permitiram. Uma Junta Militar rasgou a própria Constituição imposta por eles no ano anterior e, com o Ato Institucional número 12 – vejam o número 12! Oito meses depois do AI-5 – informou a nação que ela, Junta, exerceria a função até a 'eleição' de um novo ditador. Assim foi feito. Médici tomou posse dois meses depois."

Fez uma breve pausa e prosseguiu.

"Médici mudou o Ministério todo, mas não se esqueceu de Gama e Silva. Embora ele não pertencesse ao corpo diplomático brasileiro, foi nomeado embaixador em Lisboa, uma posição confortável, rentável e muito cobiçada. Ou seja, foi regiamente recompensado pela ditadura por perpetrar um estupro a todo o povo brasileiro."

Finalmente, concluiu.

"As oligarquias podres que mantém o povo brasileiro refém de seus desejos e caprichos autoritários festejaram o AI-5. Não faltaram aplausos da imprensa conservadora, nenhuma surpresa aí, elas são e sempre foram o braço de comunicação dessas oligarquias. Mas, principalmente, não faltaram apoio dos empresários e das grandes corporações, como as federações estaduais de indústrias espalhadas pelo Brasil. De fato, a contribuição dos empresários à ditadura é assunto que merece uma discussão à parte. Que eles sempre apoiaram a ditadura não é nenhum segredo. Tampouco é segredo que os empresários a financiaram, com dinheiro e bens, cedendo veículos e até armamentos. O que talvez seja um pouco menos conhecido, é que havia empresários, não foram poucos, que não resistiam aos prazeres sádicos da tortura. Há registros de empresários em salas de tortura nos DOPS deste país todo. Alguns deles se contentavam em acompanhar o suplício dos torturados. Outros exigiam ir mais longe. Companheiros que sobreviveram à tortura já relataram casos em que foram torturados não apenas por policiais, mas também por empresários que eles reconheceram na sala de tortura."

Capítulo 29

Dezembro de 1968

O camburão não tinha janelas, José não tinha a menor ideia sobre para onde estava sendo levado. Ele e quatro estudantes apertavam-se num espaço exíguo que certamente não era adequado para levar nem quatro pessoas, que dizer de cinco. O veículo rodou por cerca de uma hora e então estacionou em um lugar silencioso. José supôs que haviam se afastado da zona urbana de Belo Horizonte. Foram retirados do camburão aos berros e aos socos. José tentou novamente dizer que não era estudante e novamente não concluiu a frase, interrompido por tapas e socos em diversas partes do corpo. Os estudantes não recebiam tratamento diferente, e José percebeu aos poucos que apanhava mais quem tentava dizer algo. Calou-se, seguro de que era vítima de um mal-entendido que acabaria sendo desfeito. Continuou apanhando no caminho para o prédio onde ficavam as celas. Foi colocado sozinho dentro de uma delas. Como todas as outras, era pequena, escura e sem janelas. Foi deixado ali por quatro dias seguidos. Eventualmente, alguém abria uma pequena portinhola que havia na parte inferior da única porta de entrada da cela e passava por ela uma cuia com comida e uma caneca de água. Aprendeu do jeito mais difícil que não deveria tentar estabelecer qualquer comunicação com quem quer que fosse. Na primeira vez que a portinhola foi aberta, correu para ela e começou a falar:

"Por favor, por favor, onde estou? Onde é aqui? Alguém se enganou, eu não sou estudante".

Então, a porta da cela se abriu, dando espaço para a

entrada de um policial que tinha um cassetete nas mãos. O policial usou-o com violência nas pernas e nas costas de José. Batia e gritava:

"Cala a boca, moleque! Aqui quem fala e faz perguntas somos nós. Só fala quando for perguntado, entendeu?"

Pelo cheiro e pelo tato, encontrou na cela uma lata grande que continha urina e fezes. Entendeu que deveria se aliviar ali e assim o fez. Num dos cochilos que tirou, acordou assustado com insetos, talvez baratas, que passeavam pelo seu rosto. Debateu-se bruscamente e esbarrou na lata, que entornou seu conteúdo sobre ele.

Começou a chorar.

"A ordem foi clara. Eles têm que falar."

Era a manhã da segunda-feira, dia 16 de dezembro. Estavam reunidos sob a coordenação do responsável, um homem calmo, que falava baixo, mas tinha a atenção irrestrita de todos. Ao todo, eram oito homens. O homem calmo era o único de pé. Os outros estavam sentados em volta de uma mesa.

"São subversivos que compõem células comunistas. Precisamos descobrir onde elas ficam, qual o seu tamanho e os nomes dos outros membros da célula."

Prosseguiu.

"Tem que ser rápido. Aliás, já demoramos muito, mas eu precisava ter a certeza que agora tenho."

Apoiou as mãos sobre a mesa e olhou nos olhos de seus interlocutores, um a um. Em seguida, disse:

"Pode tudo."

José ouviu gritos ao longo de todo aquele dia. Eram gritos de dor entremeados com palavras que ele identificava com dificuldade, como "não" ou "para". Às vezes os gritos cessavam por alguns minutos. Então, voltavam. Num intervalo mais longo sem gritos, a porta de sua cela se abriu. O guarda sentiu o cheiro.

"Que nojo, moleque, seu porco, tira essa roupa."

Sem entender direito e ofuscado pela luz, José não se mexeu. O guarda deu-lhe com o cassetete no ombro. Despiu-se. Sem tocar nele, o guarda dirigia-o empurrando-o pelo corredor com o cassetete às suas costas. Entraram numa sala maior, onde um homem com um avental branco bastante manchado lavava as mãos.

"O documento diz que é menor de idade", avisou o guarda que conduzia José.

O homem voltou-se e olhou-os. Então, em voz baixa, disse pausadamente:

"Essa gente não tem idade. Pendura."

O soldado pediu a ajuda de um outro, que guardava a sala parado do lado de fora. Então, ambos amarraram os pulsos de José e passaram uma barra de ferro entre os punhos amarrados e a dobra de seus joelhos. Colocaram a barra de ferro apoiada pelas extremidades em duas mesas. José mantinha-se em silêncio porque aprendera que apanhava a qualquer som que fizesse. Quando o soltaram, sua cabeça pendeu para baixo e ficou a poucos centímetros do solo. Soltou um grito de dor.

Os soldados deixaram a sala, restando nela apenas aquele homem calmo que falava baixo e não tinha pressa.

Demorou-se examinando algo sobre a mesa que José não conseguia ver o que era.

Mesmo sem ser tocado por um bom tempo, José já sentia dores intensas e crescentes. O sangue descia-lhe para a cabeça, suas mãos e pés estavam formigando e já sofria alguns princípios de câimbras.

Compreendeu imediatamente de onde vinham os gritos que ouvia.

Arriscou dizer algo.

"Senhor, é um mal-entendido. Eu sou trabalhador, não sou estudante e não fiz parte de nenhuma manifestação."

O homem calmo ignorou-o completamente. Depois de vários minutos em que José começava a achar aquela dor insuportável – ele não sabia o que viria adiante –, o homem calmo lhe perguntou num tom de voz baixo.

"Onde fica a sua célula, quantos membros têm e quem são eles?"

José não entendeu as perguntas e relutou por um momento. O homem calmo as repetiu no mesmo tom baixo de voz. José perguntou:

"Célula?"

Sentiu uma dor lancinante e deu um grito. O homem calmo tinha nas mãos uma espécie de palmatória que empregara com violência contra as plataformas dos pés de José. Em seguida, mantendo a calma e o tom de voz, repetiu exatamente as mesmas perguntas.

José foi torturado por várias horas, ao longo das quais permaneceu sempre pendurado na mesma posição. Desfaleceu mais de uma vez e foi acordado com jatos de água sobre o rosto. Numa ocasião, foi examinado por alguém que talvez fosse um médico e que se limitou a dizer ao homem calmo:

"'Tá tudo bem, esse tipo de gente aguenta mais."

Aquilo se repetiu por vários dias, José alternava permanências na sua cela e na sala de tortura. Em seu desespero, inventou nomes e endereços para comprar algum tempo sem suplício. Descobriu que era pior. Ouviu do homem calmo, era sempre ele, e sempre no mesmo tom de voz baixo:

"Você mentiu. Por favor, não minta novamente. Serei obrigado a puni-lo."

Então, vieram os choques elétricos.

Um dia, quando José entrou na sala de tortura, notou a presença de um segundo homem que conversava com o homem calmo. Surpreendeu-se ao reconhecê-lo. Era um empresário ao qual frequentemente levava documentos, quando ainda trabalhava como mensageiro. Por um momento muito breve, os olhos dos dois se cruzaram. José teve a impressão de também ter sido reconhecido.

Então, ouviu do homem calmo as mesmas perguntas.

"Onde fica a sua célula, quantos membros têm, quem são eles?"

Na noite em que se julgou reconhecido por José, o empresário e o homem calmo se encontraram numa reunião da maçonaria.

"Preciso falar com você", disse o empresário. "Na saída."

Encontraram-se no estacionamento, o empresário certificou-se de que ninguém os ouvia.

"Aquele negrinho trabalha numa empresa para a qual eu forneço. Era ele que me levava as faturas e as notas. Tenho certeza de que ele me reconheceu."

O homem calmo não respondeu imediatamente. Refletiu por alguns instantes e, então, mantendo seu estilo e tom de voz, respondeu apenas:

"Ok. A gente dá um jeito."

Maria das Dores desesperou-se na primeira noite que José não voltou para casa. Ele jamais havia feito qualquer coisa parecida. Mas agarrava-se a uma esperança.

"Ele falou que ia se encontrar com uma menina", disse a Elza, a quem procurou na manhã seguinte.

"Quem sabe não foi isso?", desejou a irmã.

André também não sabia de nada.

Agarrados à esperança da namorada hipotética, deixaram passar o fim de semana antes de tomar providências. O desespero de Maria das Dores, todavia, não passava.

"Nem um telefonema com um recado para um vizinho? Podia ser meu, da mãe, seu, Elza."

Como ele não voltasse no domingo à noite, na segunda-feira, logo cedo, ela e Elza foram ao local em que José trabalhava. Não o encontraram e ninguém sabia de nada. Em seguida, foram a uma delegacia de polícia, onde preencheram uma longa ficha e não obtiveram qualquer informação. Nem conseguiram falar com o delegado.

Maria das Dores lembrou-se que Seu Jório, o patrão, era escrivão da polícia. Pediu ajuda. Sem demonstrar muita boa vontade, Seu Jório disse que faria o possível. No dia seguinte, deu um retorno lacônico.

"Ele não passou por nenhuma delegacia de Belo Horizonte. Não está preso."

Foram a três grandes hospitais e, finalmente, Maria das Dores resistira o quanto pudera, ao IML. Ele não estava lá e ela suspirou aliviada.

Em todos os lugares, deixaram telefones para recados e súplicas de que recebessem qualquer informação disponível com a máxima urgência.

Maria das Dores sentia agora, na própria pele, a dor e o desespero causados por uma ausência inexplicável. Compreendia que fora exatamente isso que causara aos pais, mais de 21 anos antes, quando fugira grávida de Belo Horizonte rumo ao Rio de Janeiro. Arrependia-se amargamente de seu gesto.

Quando a cela abriu, José percebeu que era de noite. Perdera completamente a noção do tempo. Havia alguns dias que não era torturado e, embora seu corpo continuasse moído, já conseguia levantar-se e andar um pouco.

"Toma, veste", ouviu.

Eram suas roupas. Desde que as tirara, na primeira vez que foi conduzido à sala de tortura, nunca mais vestira nada, permanecera sempre nu, fosse na cela, fosse quando era torturado. As roupas tinham sido lavadas, e junto com elas estavam seus objetos pessoais, carteira, documentos e o relógio. A carteira estava vazia, haviam tirado o pouco dinheiro que tinha.

"Você vai embora, moleque", disseram-lhe.

"Graças a Deus", pensou José, certo de que o mal-entendido havia sido desfeito.

Vestiu-se, as calças sem cinto caíram, entendeu que havia perdido peso.

Estranhou quando lhe colocaram um capuz na cabeça.

"Pra que isso?", pensou.

Foi colocado sozinho na parte de trás de um camburão igual – talvez o mesmo – àquele em que ali chegara, dias antes. Rodaram novamente por cerca de uma hora e então pararam. Era de noite e, novamente, tudo estava bem silencioso. Abriram a porta do camburão e o tiraram de dentro. Removeram-lhe o capuz.

"Anda, moleque."

Estava escuro, ele mal via a estrada de terra e não tinha ideia de onde estavam. Confuso, José não saiu do lugar.

"Corre, negro filho da puta!", disse-lhe o mesmo soldado e lhe deu um chute.

José desequilibrou-se e caiu. Levantou-se com alguma dificuldade, seu corpo ainda estava frágil e dolorido pelos dias seguidos de tortura.

"Corre, comunista de merda!", ouviu.

Então, José virou-se e correu. Correu para a escuridão, sem saber para onde, mas não deu mais que alguns poucos passos. O soldado descarregou-lhe a arma pelas costas.

Na manhã da véspera do Natal de 1968, Maria das Dores recebeu o recado na casa dos patrões. Era do IML. Ela deveria dirigir-se ao local para reconhecer o corpo de José Menezes Gomes.

Capítulo 30

Mudanças

A morte de José transformou Maria das Dores numa espécie de zumbi. Ela vivia num torpor permanente que parecia nunca ter fim. Não que lhe faltassem experiências de grandes perdas. Joaquim se fora quando ela tinha 24 anos e, Luisinho, pouco antes de completar 30. Sofrera imensamente nas duas ocasiões, mas em nenhuma delas reagira como agora, aos 34.

Todos tentaram consolá-la e ajudá-la, a começar pela mãe, Dona Teresa. Era ela, no entanto, quem Das Dores rechaçava com mais vigor, porque as tentativas de ajuda vinham sempre associadas às crenças que a mãe processava e que Das Dores rejeitava.

Elza também se esforçava, mas não encontrava as palavras ou mesmo o jeito de atingir a irmã. Um dia, comentou com Jorge:

"Olhando de longe, parece até que não aconteceu nada."

Referia-se ao fato de que, depois da morte de José, Maria das Dores manteve essencialmente os mesmos hábitos de antes. Continuava a trabalhar no mesmo local, para o qual ia e voltava a pé todos os dias, continuava a passar os sábados pela manhã na casa dos pais, de onde só saía depois de ter dado o almoço para o Seu Luís, e continuava a passar o domingo com a família de Elza, fosse na casa de uma, fosse na da outra.

"A diferença é que agora ela faz tudo sem vida, como um zumbi", acrescentou.

De fato. Maria das Dores passava parte da manhã do sábado em pé, ao lado do pai, ambos encostados contra a parede de fora da casa, exatamente como antes. Só que, agora, não contava ao pai as histórias do Rio de Janeiro e quase não conversava com ele. Aos domingos, na casa de Elza, ouvia o que lhe diziam a irmã e Jorge, mas quase nunca respondia. Limitava-se, algumas vezes, a concordar, baixinho e monossilábica. Em outras, muito poucas, iniciava uma conversa. Quando isso ocorria, quase sempre era para perguntar à irmã:

"O que será que aconteceu, Elza?"

Elza ouvia, mas tampouco tinha a resposta.

A polícia informara que o corpo de José havia sido encontrado por um homem que passava por um local ermo, próximo de uma das favelas mais remotas e violentas de Belo Horizonte, já quase fora da zona urbana da cidade.

"O que facilitou foi que deixaram os documentos, não é comum", disse um policial.

De Seu Jório, ouviu que aquela era uma região de bandidos, se José estava por lá "não podia ser por coisa boa". Das Dores sentiu, sem reagir, a ofensa na insinuação.

José foi enterrado sem que a família tivesse qualquer ideia do que aconteceu com ele. Não houve grandes – nem pequenos – esforços de esclarecimento por parte da polícia que, em questão de semanas, arquivou o caso.

Jorge tinha uma hipótese que preferiu guardar para si mesmo enquanto a via como uma conjectura fraca. Mas ela se fortaleceu aos poucos, à medida que a ditadura assassinava mais cidadãos brasileiros cujos corpos precisavam ser desovados. O local em que José foi encontrado transformou-se em um dos preferidos da repressão. Quando julgou que as evidências lhe davam suporte suficiente, comentou com Elza,

"José foi assassinado pela polícia da ditadura. Deve ter sido preso em alguma daquelas manifestações que ele gostava de acompanhar."

Elza ouviu a explicação do marido, ponderou e viu-se inclinada a concordar.

"Comento com a Das Dores?"

"Não sei. Será que ajuda?"

Ela achou que sim. Esperou por um momento tranquilo, que acabou por encontrar naturalmente numa tarde de domingo. Jorge tirava um cochilo e as crianças se dividiam, André ajudava a prima Layla com a louça da cozinha enquanto Aziza e Akin brincavam com Kumi no quintalzinho dos fundos.

"É o que o Jorge acha, Das Dores. Não dá pra ter certeza, é claro, mas, pra mim, faz sentido." E concluiu: "Achei que saber disso faria bem a você, porque mostra que José não estava fazendo nada de errado, não se meteu com gente que não presta e nem jamais frequentou a região em que foi encontrado. A luta dele era uma luta nobre que faz dele um herói, não um bandido."

Maria das Dores ouviu tudo sem esboçar qualquer reação. Naquela noite, já deitada para dormir, ficou pensando. Sim, a hipótese de Jorge fazia sentido. Podia muito bem ter sido isso.

E de que lhe valia essa conclusão? "De nada. Não me vale de nada", pensava. "O que sei é que meu filho está morto. E a culpa é minha." Não o protegera o suficiente. Estava convencida disso, agora. Falhara na passagem do bastão.

Maria das Dores chorou baixinho por um bom tempo, antes de dormir, controlando os soluços e afundando o rosto no travesseiro. Não queria atrapalhar o sono do filho.

André concluiu o ginásio em 1968 e começou a trabalhar como contínuo em um banco. À noite, estudava na escola técnica. Sofrera com a perda de José como sofrera com a de Luisinho, mas era adolescente e tinha uma capacidade de reação maior do que a da mãe.

No final de 1969, João levou a família a Belo Horizonte para passar o Natal e o Réveillon na casa dos pais. O irmão e Maria das Dores se reencontravam pela primeira vez em mais de vinte anos, e João foi carinhoso com ela. A condição da irmã mantivera-se a mesma ao longo de todo aquele ano e Elza o havia prevenido disso num telefonema que João lhe fez antecipando informações sobre a viagem. Foi difícil, eles mal se ouviam. Os interurbanos demoravam horas para serem completados, a linha caía com frequência e, enquanto funcionava, os ruídos quase impediam a comunicação. Mas Elza, que atendera a chamada no armazém que ficava próximo da sua casa, conseguiu contar ao irmão o que acontecera com José.

Numa noite, na casa dos pais, João, Jorge e André conversavam animados.

"O curso técnico daqui é dos melhores do país, e o pessoal do ABC sabe disso", dizia João.

"As fábricas estão ampliando, construindo novas linhas. Emprego é o que não falta, tenho certeza de que vai é faltar gente para trabalhar. Pense na hipótese de ir para lá. Eles pagam melhor, as coisas são mais bem organizadas. Eu aviso quando eles estiverem contratando."

Dirigia-se ao sobrinho, mas aproveitou para incluir o cunhado.

"Por que você também não pensa nisso, Jorge?"

"Acho que para o André a ideia é boa", ele respondeu, "mas não funciona pra mim. A Elza lutou muito para pôr as crianças na escola que queria. Ela não sai de Belo Horizonte por nada."

Veio 1970, o Brasil foi tricampeão mundial no México, o país todo ficou enfeitiçado com aquele time imbatível. Em Belo Horizonte, a coisa não foi diferente. Pelo contrário, foi até maior, era a primeira vez que a cidade contribuía com quatro jogadores para a seleção: Tostão, Piazza e Fontana, do Cruzeiro, e Dario, do Atlético. Até André, que torcia para o Flamengo, no Rio, agora também era cruzeirense.

Aquela foi a primeira Copa do Mundo de Futebol transmitida ao vivo pela televisão. A família se cotizou para comprar um aparelho pago em muitas prestações que foi instalado na sala da casa dos pais. Maria das Dores e André trabalhavam e, como eram só os dois, foram os que mais puderam contribuir. Só Seu Luís tinha uma cadeira especial, onde sempre se sentava para ver os jogos. Dona Teresa, Teresinha, Elza e Jorge disputavam os outros assentos disponíveis, enquanto filhos e netos se espalhavam pelo chão.

Maria das Dores não acompanhou nenhum jogo. Ia à casa dos pais e, durante as partidas, arrumava o que precisava ser arrumado, fazia pipoca ou cuidava de Kumi que, com 5 anos, gostava da agitação, mas não entendia o que estava acontecendo e às vezes dava trabalho.

Num dia qualquer do ano seguinte, João telefonou.

A economia do Brasil crescia a um ritmo superior a 10% ao ano, e a tendência era a de que esse crescimento robusto se mantivesse e até se acelerasse. As empresas da região do ABC Paulista estavam contratando, e os empregados que trabalhavam nas fábricas foram solicitados a indicar candidatos a empregos. Podiam ser parentes, amigos ou simples conhecidos, só precisavam preencher alguns requisitos básicos. Dentre eles, o mais importante talvez fosse o "atestado de bons antecedentes". Conseguia-se esse documento nas delegacias de polícia que, em tese, deveriam concedê-los a qualquer cidadão sem ficha policial relevante. Na prática, contudo, as delegacias criavam dificuldades e demoras indefinidas que tendiam a eternizar-se diante da menor evidência de que o solicitante tivesse alguma inclinação contra o governo. Era a continuação do "nós" contra "eles" instalado no Brasil em 1964.

Como as empresas estivessem competindo pela mão de obra, havia as que oferecessem benefícios. Algumas pagavam a passagem de ônibus se o candidato viesse de outras regiões do Brasil, e havia aquelas que garantiam, por seu bom trânsito junto ao governo, que o candidato seria dispensado do cumprimento do serviço militar obrigatório. Exatamente aquele que André estava prestes a iniciar.

"Eu quero ir, mãe", disse André.

Maria das Dores não se opôs, mas foi firme.

"Então, eu vou também."

Elza lamentou, mas, como o resto da família, não objetou. Maria das Dores havia perdido dois filhos, não seria fácil para ela afastar-se do terceiro.

"Os dois vão ter de lidar com isso", pensou Elza, "só o tempo vai resolver."

Jorge confirmou que a oportunidade parecia ser realmente boa. Ele mesmo iria, se as crianças não estivessem tão bem na escola, em Belo Horizonte. Aliás, naquele final de ano, Elza e Jorge comemoraram a aprovação de Layla no vestibular de Direito da Universidade Federal de Minas Gerais. Ela seria a primeira neta de Seu Luís e Dona Teresa a cursar Educação Superior.

Maria das Dores e André mudaram-se para São Bernardo do Campo no começo de 1972. André fora admitido na Volkswagen onde começaria imediatamente, como aprendiz. João, sua esposa, Regina, e as filhas, Célia e Ana, acolheram em casa os recém-chegados de Belo Horizonte e os ajudaram até que se estabelecessem numa casa pequena que ficava lá perto, na mesma Vila São José em que João morava e que fora alugada com João como fiador.

Maria das Dores não aceitou as ponderações do irmão, da cunhada e do filho, que alegavam que ela "agora não precisava mais", poderia cuidar "apenas da própria casa" ou coisa parecida, e quis trabalhar. Foi ajudada por Regina, que era balconista de uma padaria e falou com o dono. Maria das Dores foi admitida na cozinha da mesma padaria e começou a trabalhar numa segunda-feira muito gelada, dia 17 de julho, "o dia em que o Dr. Getúlio foi eleito presidente", diria Seu Luís, anos atrás.

Também era o dia em que Maria das Dores dos Santos Menezes completava exatos 38 anos.

4.

Maria das Dores e Dandara

Capítulo 31

André e Dandara, Santos, 1996

Num sábado pela manhã, André e sua filha Dandara viajaram a Santos no Gol que André provavelmente tinha ajudado a fazer, na fábrica onde trabalhava, mas que só conseguira comprar usado, bem usado.

A polícia os parou na estrada. Quando André viu o sinal do guarda, deu um suspiro. Negros descendo a serra de carro na direção de Santos? Aquilo era sem dúvida suspeito, é claro.

"Serenidade, sim, resignação, jamais", lembrou André à filha, enquanto aguardavam o guarda que caminhava lentamente na direção do carro parado. Esse era um mote que ele repetia com frequência.

Anos mais tarde, quando cursava Filosofia, Dandara leria o livro *Elogio da serenidade*, de Bobbio, e o comentaria com o pai.

"Você me ensinou isso antes do Bobbio, pai, e mais ou menos do mesmo jeito. Ele escreveu que a serenidade é superior a outras virtudes morais, como a humildade, ou a mansuetude, porque, ao contrário delas, o sereno é capaz de se indignar. Você sempre me ensinou a me indignar, mas mantendo-me serena."

Documentos checados, tudo regular, para visível desapontamento do guarda, prosseguiram até Santos. André tinha planos de ter uma longa conversa com a filha e pensara em fazê-lo caminhando ao longo da praia, de que ela tanto gostava, com tempo para ir parando e olhando o mar.

Aurora não foi com eles, André lhe dissera que aquela seria uma conversa entre pai e filha. E, ainda por cima, Aurora tinha muito o que fazer. Ela estava em plena campanha por sua candidatura a uma vaga de vereadora na Câmara Municipal de São Bernardo do Campo. O enorme entusiasmo com que lutava e se dedicava à causa, entretanto, não seria suficiente para compensar a absoluta ausência de recursos de sua campanha. Seria apenas em 2016, vinte anos depois, que aquela cidade elegeria pela primeira vez em sua história uma representante legislativa que fosse simultaneamente mulher e negra.

André planejara essa conversa no dia em que chegou em casa e encontrou a mãe chorando. Ele vinha observando alguns desentendimentos entre ela e a filha Dandara; percebera também que eles haviam aumentado de frequência. Dandara era uma adolescente de 16 anos e Maria das Dores tinha mais de 60. O zelo extremo da avó para com a neta deixara de ser percebido por esta como carinho e passara a ser visto como uma forma sufocante de opressão, contra a qual Dandara reagia às vezes sem controle e comedimento.

André conhecia a mãe. Maria das Dores era capaz de demonstrar uma resistência inquebrantável diante da tragédia real para, em contrapartida, mostrar-se vulnerável e sucumbir diante do banal e do efêmero.

Haviam saído cedo de casa e Santos não era longe, chegaram ainda antes das oito horas da manhã. O dia estava nublado e fazia frio, de vez em quando caía uma garoa fina que durava pouco tempo e não chegava a atrapalhar. Pai e filha caminharam juntos por várias horas, às vezes paravam em um quiosque para tomar água de coco ou simplesmente descansar.

No começo da conversa, Dandara tentou interromper o pai, imaginara-se diante de algum tipo de lição de moral e já se posicionava para defender-se. André impediu-a com gentileza.

"Filha, eu trouxe você aqui pra lhe contar uma história. Então, o trato é simples. Eu falo e você ouve. Depois você terá o tempo que quiser para falar. Pode ser assim?"

Não, não podia, mas Dandara tinha um gigantesco respeito pelo pai, além de carinho e admiração. Então, calou-se.

André falou por muito tempo, ao longo do qual caminharam lentamente. Contou à filha a história da avó, Maria das Dores dos Santos Menezes. O plano era esse.

Dandara demonstrou alguma impaciência, no começo, mas, aos poucos, foi se interessando mais e mais, até estar totalmente atenta. A ponto de esquecer-se de onde estava. Ela, que tinha fascinação pelo mar, caminhava com os braços cruzados, protegendo-se do frio, a cabeça inclinada e os olhos voltados para o chão.

Ao término do relato do pai, manteve-se calada. Então, André voltou a falar, fazendo uma espécie de resumo e recapitulando alguns pontos.

"Enfim, minha filha, estamos falando de uma menina negra que aos 13 anos é estuprada por um homem branco que era amigo de seu pai. Imagine os conflitos passando pela cabeça dessa menina. Ela foge de casa e vai sozinha para o Rio de Janeiro. Tem o filho e cuida dele, ninguém sabe direito como, nem a minha tia Elza, para quem a minha mãe conta tudo. Aos 16 anos, a sua idade atual, Dandara, ela encontra um companheiro, meu pai. Ele é assassinado estupidamente quando ela tinha 24 anos. Ela fica sozinha e tem três filhos para criar, incluindo eu, que era o menor. E ela os cria. Dois de seus filhos são assassinados pela ditadura. Meu irmão José, antes de ser morto, é provável que tenha sido torturado. Ela sabe disso."

Fez uma pausa. Como Dandara mantinha-se calada, André prosseguiu.

"Quando perde o primeiro filho, decide retornar a Belo Horizonte, quer rever a família da qual fugira para, aos olhos infantis dela, protegê-los. Encontra o pai incapacitado e percebe que são eles que precisam de ajuda. Financeira, ao menos. Ela começa a ajudá-los imediatamente. E os ajudou por 16 anos, até o dia em que você nasceu e ela deixou a padaria. Eu demorei a entender por que ela queria tanto trabalhar, quando viemos para São Bernardo. Éramos só eu e ela, meu salário era suficiente. Mas ela queria ajudar os pais com dinheiro próprio. Só compreendi isso quando ela parou de trabalhar, a pedido meu e da sua mãe, para que nós dois pudéssemos trabalhar e a sua avó cuidasse de você. A grande preocupação dela era como ela ia enviar dinheiro para os pais. Só sossegou quando ouviu de mim que eu passaria a fazê-lo. E, se você quer saber, faço até hoje, sua tia Teresinha ainda precisa."

Mais uma pausa.

"Minha mãe ficou quase vinte anos sem voltar a Belo Horizonte. Eu e Aurora quisemos que ela fosse, quando meu avô Luís, seu bisavô, morreu. Nós sabíamos da forte relação que ela tinha com o pai. Mas ela não quis. E não quis por sua causa, Dandara, porque você era muito pequena, ainda ia completar 2 anos. Só voltou lá naquela viagem que fizemos todos nós, com meu tio João e a família dele, quando você fez 10 anos."

André notou que se emocionava.

"E o mais incrível, o mais inacreditável, é que nessa vidinha extremamente simples dela, uma vida quase invisível, como dizia José, ela tenha passado por experiências e conhecido pessoas notáveis. Quando levei a Aurora em casa, para conhecê-la – sua mãe já estava grávida de você –, sua avó ficou encantada com ela. Como é até hoje. Às vezes eu tenho até um pouco de ciúmes, às vezes sua avó parece mais mãe da Aurora do que minha."

Dandara reagiu pela primeira vez, dando um soco leve no braço do pai.

"Para pai, a vó te adora, você sabe disso."

Ele sabia. Continuou.

"Você conhece sua mãe, né? Ela adora política e fala sobre isso com qualquer pessoa. Inclusive com a sua avó. Uma noite, eu chego em casa, sua mãe olha pra mim e diz: 'Você foi batizado por Dom Helder Câmara! Dom Helder Câmara! E nunca me contou nada!' Eu fiquei sem entender. Já tinha ouvido falar do bispo, mas nunca soube que ele havia me batizado. No jantar, nós três juntos, você devia ter uns 5 anos e já estava dormindo, veio a explicação. Aurora e sua avó tinham visto uma notícia na televisão sobre a aposentadoria do Bispo Dom Helder Câmara. Sua mãe comentou que o admirava muito e que o vira uma vez, em 1975, numa missa na Catedral da Sé, em São Paulo. Foi uma missa celebrada em homenagem a um jornalista que também foi assassinado pela ditadura. Sua mãe, você pode imaginar, estava na missa. Então, Aurora me diz: 'Daí ela vira pra mim, André, e fala que conheceu ele. Que conheceu pessoalmente Dom Helder Câmara. E conheceu muito bem! Dom Helder Câmara, André!'."

André deu um sorriso curto e prosseguiu. "Daí sua avó nos explica que os pais do meu pai, seus bisavôs, que eu não conheci porque os dois morreram cedo, eram amigos de Dom Helder desde a época em que ele era um simples padre, no Rio de Janeiro. Dom Helder tinha um grupo de pessoas humildes que ele acompanhava e meus avós faziam parte do grupo. Quando eles morreram, meus pais entraram no lugar deles. Minha mãe diz que me levava nas reuniões do grupo, mas eu era muito pequeno, não me lembro de nada. E olha que a Aurora já tinha um motivo para admirar os 'contatos' de alto nível da sogra, pois, eu já lhe contei isso, ela ficou impressionadíssima quando soube que sua avó conheceu o Abdias Nascimento e que meu pai, assim como os pais dele, participou do Teatro Experimental do Negro."

Pai e filha caminhavam devagar, contemplando o mar e o horizonte. André proporcionava à filha espaço para ela falar. Como ela se mantivesse em silêncio, ele prosseguiu.

"Às vezes, filha, eu penso que a sua avó é uma espécie de rainha. Quer dizer, é claro que ela não é..."

Ia tentar se explicar, mas a filha o interrompeu.

"Eu entendo, pai."

Dandara lembrou-se do poema de Fernando Pessoa que o professor de literatura apresentara na escola. O poema apresentava com naturalidade a possibilidade relativizada e simultânea do ser e do não ser.

Declamou um trecho para o pai.

"O Tejo é mais belo que o rio que corre pela minha aldeia. Mas o Tejo não é mais belo que o rio que corre pela minha aldeia. Porque o Tejo não é o rio que corre pela minha aldeia." Emendou, na sequência: "A mãe de André não é uma rainha. Mas a mãe de André é uma rainha. Porque ela é a mãe de André."

O pai ficou olhando para a filha, ambos estavam emocionados.

Depois de alguns instantes, prosseguiu.

"Uma rainha. Uma imperatriz. Uma heroína. Ou todas essas coisas. Essa é a sua avó Maria das Dores, Dandara. Às vezes, fico pensando nas pessoas para quem ela trabalhou. Dona Eurídice, lá no Rio, e Dona Nice, em Belo Horizonte. Essas pessoas tiveram o privilégio de ter a minha mãe dentro de casa. Privilégio que eu, que era pequeno, não tive. Por muitos anos minha mãe cuidou delas e dos filhos delas. E essas pessoas nunca se deram conta de que tinham em casa uma rainha. Só eu é que sei disso. É estranho, mas, para mim, funciona como uma espécie de revanche, quase uma vingança, sabe?"

Voltaram a caminhar.

"Tudo isso que lhe contei hoje, eu soube pelo meu irmão José. Eram relatos que minha mãe fazia para sua tia Elza, que contava ao marido, Jorge, de quem José era próximo. Minha mãe era louca pelo José. E ele era, mesmo, uma pessoa muito especial. Sempre achei que boa parte dela morreu junto com ele. Mas eu a vi renascer, filha. Sabe como? Sabe quando?"

A filha sabia, mas limitou-se a olhar para o pai, queria ouvir a resposta.

"A sua avó renasceu no exato dia em que você nasceu, Dandara."

Prosseguiu.

"Antes disso, eu tentava gerar interesses nela de todos os jeitos, sem nunca ter sucesso. Você se lembra daquele jornal que eu te mostrei outro dia?"

André tinha o hábito de arquivar recortes de jornais e revistas com notícias que o interessavam. Tinha uma gaveta cheia deles. Havia poucos dias, ele mostrara algo dessa gaveta à filha. Era uma edição do *Jornal Versus* que circulou na década de 1970 e fez parte da corajosa imprensa dita nanica que fazia oposição cerrada à ditadura. André acompanhava o jornal desde que tomou conhecimento de que ele tinha uma seção chamada Afro-Latino-América, que tratava de assuntos do Movimento Negro, tema que lhe era caro.

A notícia que despertara seu interesse tinha por título "O Brasil não vai à Colômbia". Ela noticiava a ausência da delegação brasileira no I Congresso de Cultura Negra das Américas que seria realizado em Cali, uma das principais cidades daquele país, em agosto de 1977. O Versus apontava o paradoxo daquela ausência, interpretada como consequência da importância menor que o governo via no evento, e a declaração do presidente Ernesto Geisel, quando da celebração do Dia Internacional para Eliminação da Discriminação Racial, em 21 de março daquele ano. A Organização das Nações

Unidas fixara essa data em alusão ao Massacre de Sharpeville, ocorrido em 1960 em Johanesburgo, na África do Sul, quando a polícia abriu fogo contra negros que protestavam contra a necessidade de usar uma espécie de passaporte interno que lhes tolhia a liberdade de ir e vir dentro do próprio país. Foram assassinados 69 cidadãos sul-africanos negros e centenas ficaram feridos.

O discurso do presidente Geisel enaltecia o falso mito da democracia racial brasileira:

"*O Brasil é o produto da mais ampla experiência de integração racial que conhece o mundo moderno, resultado, ao longo dos séculos, de um processo harmônico e autônomo, inspirados nas raízes profundas dos povos que aqui somaram esforço na construção do País.*"

Dandara lembrava-se bem, indignara-se com o que o pai lhe mostrara. Cada dia da vida dela lhe ensinara que não havia hipocrisia maior que aquela. Integração racial? Processo harmônico? E aquilo vinha diretamente da boca do Presidente da República, "quer dizer, do ditador de plantão", corrigiu-se.

"Então, filha. Eu o mostrei a sua avó num dia em que falávamos de José. Lembro de ter dito a ela que José escolheu a luta errada. Que essa história de comunismo e capitalismo, democracia e ditadura, era briga de branco. Que a nossa briga era outra, muito mais fundamental. Ela me ouviu pacientemente. Depois que eu terminei, disse apenas: 'A nossa briga é importante e boa, você tem razão. Mas a briga pelo fim da ditadura também é. Não existe briga boa que seja ao mesmo tempo errada'."

André respirou fundo.

"Em 1978, tentei levá-la ao Teatro Municipal, em São Paulo, no dia em que o Movimento Negro Unificado se apresentou à sociedade. Foi uma tarde linda, inspiradora. Sua mãe também foi, ficamos sabendo mais tarde, mas nós ainda não nos conhecíamos e possivelmente nem nos vimos. Insisti para sua avó ir comigo, mas ela não foi. Nada a interessava, Dandara."

Fez uma breve pausa.

"E, então, você nasceu."

Resolveu contar à filha algo que nunca lhe contara.

"Você foi responsável por eu voltar a ver um brilho nos olhos da minha mãe. E, embora ela tenha me pedido para não lhe contar, acho que não tem mal nenhum em você saber. É até engraçado. E bonito, ao mesmo tempo. As suas primeiras palavras, filha, foram 'vovó'. Minha mãe desesperou-se, veio falar comigo, achava que Aurora ia ficar enciumada. Falei com sua mãe. Sabe o que ela fez? Procurou por sua avó, deu-lhe um beijo, os parabéns e disse-lhe: 'Ninguém se dedica a ela tanto quanto a senhora. É muito justo. Injusto seria qualquer coisa diferente. E, aqui nesta casa, todos nós lutamos por justiça'. Minha mãe chorou."

A manhã já ia alta, pai e filha conversavam havia horas. André olhou para o relógio e apontou o caminho de volta ao carro. Voltariam para almoçar em casa. Continuou falando.

"Desde que você nasceu, nestes últimos dezesseis anos, o Brasil ferveu. Aconteceu de tudo, no país em geral e particularmente lá no ABC. Houve as greves dos metalúrgicos, de que participei, o fim da ditadura, a campanha pelas Diretas Já, um presidente eleito que morreu antes de tomar posse, outro que sofreu impeachment. Com tudo isso, Dandara, tudo, tudo isso, minha mãe só teve olhos pra você."

Já estavam no carro, preparavam-se para retornar à serra, o pai brincou que provavelmente seriam parados de novo – como de fato foram – e então ficaram em silêncio.

Minutos depois, André percebeu que a filha chorava baixinho.

Tinha muito orgulho dela, Dandara era uma boa menina. E ele sabia que ela compreendera.

Capítulo 32

A continuação de uma conversa

Quatro anos depois, André, Aurora e Maria das Dores foram a Belo Horizonte para passar as festas do "fim do ano do milênio". Dandara não os acompanhou, ela agora morava com seu companheiro do qual engravidara havia alguns meses.

Aurora estava desapontada com a sua segunda derrota seguida nas eleições para a Câmara de Vereadores de São Bernardo do Campo, e André pensou que talvez uma viagem a ajudasse a pensar em outras coisas.

Havia uma segunda e mais importante razão para a viagem, infelizmente. André tomara conhecimento dela através de um telefonema de Layla, a prima com a qual ele tinha maior afinidade. O câncer contra o qual Elza lutava recrudescera em metástases que levavam os médicos a evitar prognósticos esperançosos. Era uma questão de poucos meses.

Jorge falecera dois anos antes.

"Foi o coração", disse Elza a Maria das Dores, ao telefone. Elza sentiu a perda do companheiro de vida toda, mas escolheu uma forma singela de lamentá-la: "Ele queria tanto chegar ao ano 2000, falava tanto nisso".

Passaram as festas de fim de ano na casa que fora dos pais, no Barro Preto, onde agora morava apenas Teresinha. Os pais tinham morrido, Manuel casara-se e mudara-se para o Rio de Janeiro.

Quanto aos filhos de Elza e Jorge, nem tudo saíra como os pais haviam planejado.

Layla e Aziza haviam concluído cursos superiores, ambas na UFMG, Layla em Direito e Aziza em Administração, mas o mesmo não ocorrera com Akin e Kumi. Akin contraíra AIDS e morrera no final de 1989, a viagem a Belo Horizonte que João e André fizeram com as respectivas famílias, meses depois, fora em parte motivada pela manifesta vontade de Maria das Dores em rever a irmã. Kumi morava no Rio de Janeiro, onde, até onde se sabia, trabalhava no comércio. Não fazia contatos nem mandava notícias, Elza sofria com isso.

Depois da graduação, Aziza também havia concluído mestrado e doutorado e era professora da própria UFMG, mas ela não estava em Belo Horizonte. Fora convidada a passar um ano como professora visitante na Universidade da Califórnia, em Los Angeles, era lá que se encontrava.

Elza não permitiu que seu estado de saúde prejudicasse o clima das festas, especialmente a do Réveillon do milênio. Ia a todos os lugares numa cadeira de rodas, pois a quimioterapia deixara-a muito fraca e ela já não caminhava, mas mantinha sempre um sorriso nos lábios.

"Enquanto eu aguentar, ninguém precisava saber das dores que sinto", pensava.

Nos dias que passaram em Belo Horizonte, Maria das Dores ficou quase o tempo todo com Elza e substituiu Layla na função de empurrar a cadeira de rodas da irmã.

No fim da tarde do último dia em que estiveram na cidade – André preferia viajar durante a noite, sairiam dali a algumas horas –, estavam só as duas na casa de Elza, que estava na cama. Das Dores estava sentada numa cadeira a seu lado. Mais tarde, Teresinha viria passar a noite com a irmã.

Elza ria. Por instantes, até esqueceu-se das dores que se espalhavam por seu corpo.

"Desculpe, Das Dores, o que é que eu posso fazer?"

"Mas como você pode ter se esquecido, Elza? Foi uma das coisas mais lindas que você me disse. Eu não exagero se disser que penso nisso quase todos os dias."

"Das Dores, pelo que você contou, isso foi há mais de trinta e cinco anos. Trinta e cinco, irmãzinha, eu acho que mereço perdão, não?"

Conversavam sobre a metáfora da corrida de revezamento do tipo 4 por 100 que Elza desenvolvera para a irmã numa conversa que haviam tido em 1965. A metáfora calou fundo em Maria das Dores, que encontrou nela um significado para a própria vida.

"Eu me preparei tanto pra falar isso pra você, Elza. Pensei tanto nisso."

"Mas diga, Das Dores, por favor, diga. Eu quero ouvir, só lamento ter me esquecido, só isso. Já pedi desculpas."

Então, invertendo os papéis de 35 anos antes, Maria das Dores lembrou a Elza da metáfora que a irmã fizera a partir daquela corrida. Os filhos aguardando à frente a passagem do bastão que receberiam dos pais, o significado do bastão... Tanta coisa bonita. E fora Elza que inventara.

A irmã foi se lembrando aos poucos.

"Bom, um dia, há alguns anos, a Dandara e o André estavam assistindo a televisão que estava mostrando os Jogos Olímpicos e eu ouvi da cozinha que eles iam mostrar a final da corrida de revezamento 4 por 100. O Brasil ia participar. Saí da cozinha e me sentei com eles. A Dandara até brincou:

'Jura, vó, você interessada nisso?'. Ela achou que era por causa do Brasil. Mas não era isso. Era a primeira vez que eu ia ver essa corrida de que você tinha me falado."

Elza ouvia atenta. "O Brasil pegou terceiro lugar e a Dandara e o André festejaram. A corrida é, mesmo, muito bonita, eu entendi melhor aquilo que você tinha dito, do corredor da frente começar a correr quando o de trás está chegando." Fez uma pausa. "Acontece que uma equipe deixou cair o bastão e foi desclassificada. Daí a televisão repetiu várias vezes a cena do bastão caindo. O André e a Dandara perderam o interesse e saíram da sala, eu fiquei lá, sozinha, escutando os comentaristas."

Foi a vez de Elza impacientar-se com a irmã, não sabia onde ela queria chegar.

"E...?"

"E, que um comentarista explicou. Disse que, na passagem do bastão, o corredor que vem de trás tem a responsabilidade maior, porque ele deve colocar o bastão direitinho na mão do que está na frente, já correndo, esperando por ele. A TV mostrou a cena várias vezes em câmera lenta, dava pra ver que o corredor de trás fez a parte dele. Então o comentarista disse que não bastava isso, não bastava o que estava na frente receber o bastão certinho na mão. Ele disse que o da frente precisava 'querer pegar o bastão', 'desejar o bastão', 'agarrar o bastão'. Foi assim mesmo que ele falou. Disse que era isso que não tinha acontecido e que foi por isso que o bastão caiu. Que era assim mesmo, às vezes, acontecia. A culpa não era sempre do corredor que vinha de trás."

Maria das Dores calou-se. Ficou olhando a irmã e não disse mais nada.

Elza continuava atenta, parecia aguardar por algum desfecho, algum tipo de conclusão que não vinha. Então, lembrou-se das conversas recentes que vinha mantendo com a irmã. Abrira o seu coração a Das Dores, dissera-lhe em mais de uma ocasião que a perda de Akin e o distanciamento de Kumi não lhe davam paz e doíam mais do que o câncer. Ela se sentia culpada, não sabia onde errara com os filhos. Compreendia agora o cuidado com que a irmã mais nova lhe preparara uma resposta.

Seus olhos marejaram.

Apertou com força a mão de Maria das Dores, que também chorou. Sabia que contribuíra para que, quando a morte viesse buscar por Elza, encontraria a irmã em paz.

Aquela foi a última vez em que estiveram juntas.

Capítulo 33

Dandara e Das Dores, São Paulo, 2003

A relação de Dandara com o companheiro se desgastou e ela voltou a morar com os pais. E não viera sozinha, mas com uma filha, Carmen, que completaria 3 anos dali a alguns meses.

Aurora e André adoravam a neta, que todos chamavam de Camucha, e apoiavam a filha, que estava trabalhando, mas parara de estudar quando concluiu o Ensino Médio e, pouco depois, engravidara.

Quase aos 70 anos, Maria das Dores ainda tinha muita energia para dedicar à bisneta, em cujos trejeitos reconhecia Dandara. Emocionava-se com isso.

A neta, contudo, andava abatida, e era notório que ela não vivia um bom momento. Maria das Dores esforçava-se para estimulá-la, valorizá-la, queria que ela voltasse a estudar. Celebrava qualquer evidência de alegria ou entusiasmo que encontrava na neta. Justamente por isso, comemorou quando ouviu,

"Vem ver, vó, começou."

Era o dia 21 de março de 2003. A data, comemorativa do Dia Internacional para Eliminação da Discriminação Racial, estabelecido pela ONU, fora escolhida a dedo. O presidente da República instalava a SEPPIR – Secretaria de Políticas de Promoção da Igualdade Racial. Aquela era uma conquista, sobretudo, do Movimento Negro Unificado.

Dandara chamara a avó para acompanhar com ela, naquele final de sexta-feira, enquanto Camucha brincava no tapete, ao lado.

No exato momento em que Maria das Dores sentou-se em frente à TV, reconheceu aquele homem que iniciava seu discurso. Era Abdias Nascimento. Maria das Dores jamais se esqueceria das palavras com que iniciou o discurso, que lhe lembraram da mãe, Dona Teresa.

"*Eu invoco Exu, o Deus da palavra e da comunicação, para que me inspire e me ajude a conter a emoção...*"

Sua voz embargou. Maria das Dores também se emocionou, Dandara notou.

"Você conhece ele, né, vó? O pai me contou."

Ela conhecia. E disse baixinho.

"Conheço, filha".

Sempre chamava Dandara de filha.

"Ele era amigo do seu avô Joaquim. Também foi amigo dos pais de Joaquim. Se um homem como esse está aí onde está, a gente tem motivo para ter esperança."

Capítulo 34

Belo Horizonte, 2005

Ao término da reunião da maçonaria, o empresário e o homem calmo voltaram a encontrar-se no estacionamento, onde conversaram por alguns momentos. Tinham envelhecido e haviam conquistado patentes elevadas, eram eles que mandavam ali, agora.

"O que você está achando?", perguntou o empresário.

"A mim parece que, se der um empurrãozinho, ele cai", responde o homem calmo.

"E você acha que é o caso de a gente dar?"

O homem calmo acendeu um cigarro e refletiu um pouco, para então ponderar.

"Olha, não sei. O dinheiro está entrando bem. Para falar a verdade, acho que é um dos melhores momentos. E você já me disse que, para você, não é diferente."

"Pois é", redarguiu o empresário. "Não imaginei que seria assim. Eles parecem dispostos a nos dar o que quisermos, não?"

Como o homem calmo se mantivesse em silêncio, o empresário prosseguiu.

"Mas esses merdas também podem causar muitos estragos."

O homem calmo sentenciou:

"Podem. Mas a maré vira. É ter paciência e esperar. E, depois, se apertar, a gente sabe que sempre pode dar um jeito."

Ambos sorriram, despediram-se e rumaram para seus carros.

Capítulo 35
Reveillon

Era a noite de Réveillon de 2012 para 2013. Dandara recém se graduara em Filosofia pela Universidade Federal de São Paulo na qual ingressara em 2006 pelo sistema de cotas.

Tivera anos difíceis antes disso, mas superara-os todos, e havia concluído o curso em grande estilo. Seu trabalho final de graduação, sobre o feminismo dentro do Movimento Negro, recebeu um prêmio. Sua orientadora o recomendou a uma editora que demonstrara interesse em publicá-lo na forma de livro. Já estava matriculada no mestrado, na pós-graduação da mesma Universidade. Ganhara exposição e tinha um convite para assinar uma coluna semanal em um jornal de boa circulação. Dandara era uma estrela em ascensão.

Ninguém ficou mais orgulhosa da mãe que Camucha, embora Maria das Dores, à distância, e sempre caladinha, tivesse disputado o posto.

André e Aurora esperavam pela filha que jantaria com eles e lhes dissera que, naquela noite, lhes traria uma surpresa. Dandara chegou pouco depois das oito da noite. Veio acompanhada de Camucha e por uma outra moça, Anita, que segurava no colo uma menina de uns três anos de idade que estava dormindo. Era sua filha. Todos se cumprimentaram, a amiga de Dandara era bem-vinda, claro, como chamava a menininha?

"Olga?", disse Aurora, encantada. "A mãe chama Anita e a filha chama Olga? Não era para ser ao contrário?"

"É que a gente é preta", respondeu Anita. Todos riram muito e a pequena Olga acordou.

"Pai, mãe, eu disse que tinha uma surpresa, né?"

Esfregou as mãos.

"Bom, é que a Anita não é minha amiga. Quer dizer, é minha amiga, é claro. É a minha melhor amiga. Mas ela também é mais do que isso."

Breve pausa.

"A Anita é a minha namorada."

Aurora compreendeu imediatamente que uma frase desse tipo poderia ser sucedida por qualquer coisa, com exceção de um silêncio constrangedor. Nervosa, num tom de voz bem mais alto do que o habitual, disse e fez a primeira coisa que lhe ocorreu, e que seria narrada indefinidamente, pelos muitos anos à frente, sempre em meio às gargalhadas.

"Pois seja muito bem-vinda, Anita, que namorada da minha filha também é minha namorada." E deu-lhe um beijo na boca.

A noite era de festa e celebrações e o jantar correu animado. Todos falavam, às vezes ouviam, só Maria das Dores mantinha-se quietinha. Seu corpo franzino era agora ainda menor do que sempre fora, pois ela andava um pouco encurvada.

Estavam felizes e imersos em um clima de otimismo que todos partilhavam.

"As coisas melhoraram, sim, é fato", admitia Dandara. "Mas poderiam e deveriam ter melhorado muito mais."

"Calma, filha, você não viu como isso aqui era antes, a gente deve celebrar as conquistas", disse André.

"Claro, pai, eu sei, e eu as celebro. Mas veja a violência. Diminuiu quase nada. Ou a questão da mulher, a nossa questão, dos negros. O que mudou é que agora o preconceito se tornou mais visível, ficou completamente impossível negá-lo."

Anita aparteou.

"Concordo. E quem tentou negar, inclusive publicando livro a respeito, ficou completamente desmoralizado."

Dandara retomou.

"Correto. Mas não foi muito além disso. Tudo bem, talvez esses precisassem ser os primeiros passos, acabar com a fome, ter todas as crianças nas escolas, mas insisto que as coisas podiam andar mais rápido."

Veio a meia-noite, os fogos, os abraços e beijos. Depois, com a TV ligada mostrando a queima de fogos e o show musical no Rio de Janeiro, voltaram a sentar-se à mesa para as últimas frutas e mais algumas conversas.

Foi quando Das Dores indicou que queria falar algo.

A simples expressão desse desejo raríssimo por parte dela gerou um silêncio imediato, reverente e absoluto, além de uma boa dose de curiosidade. Todos se voltaram para ela e aguardaram.

Então, lentamente, Maria das Dores tirou uma caixinha do bolso do avental. Abriu-a. Dentro dela, havia um relógio simples, que tinha uma pulseira de um bom couro, embora estivesse gasta.

Reconhecendo imediatamente o objeto que vira pela última vez havia mais de quarenta anos, André levou as duas mãos à boca. Todos notaram, mas ninguém disse nada. A palavra era de Maria das Dores.

E ela falou.

"Este relógio foi de Joaquim. Ele o ganhou do pai, Seu José, meu sogro, no dia em que completou 14 anos."

A fala de Das Dores era pausada e o silêncio era sepulcral. "Eu o dei a Luisinho, quando ele fez 14 anos. Então, ele morreu. Depois, eu o dei a José, também no dia em que ele fez 14 anos. Então, ele morreu. Eu achei que tinha uma espécie de maldição. Por isso, jurei que nunca o daria a você, André".

Disse isso olhando para o filho, que a ouvia emocionado.

"Nesses anos todos, eu tive muita coisa. Comprei geladeira, fogão, panelas, muita coisa. Eu tive até um liquidificador que durou pouco, quebrou rápido, coitado. Mas a verdade é que eu sempre achei que eu só tinha uma coisa, que só uma coisa era minha, de fato."

Fez uma pausa.

"Este relógio. O relógio que era de Joaquim. Ainda funciona, eu dou corda, de vez em quando. Mas é tão simples, não deve valer nada."

Ninguém se movia.

"Bom, eu acho que chegou a hora de me desfazer dele. Estou velha demais para acreditar nesse negócio de maldição. Não há maldição alguma. O que aconteceu com Joaquim, depois com Luisinho e mais tarde com José foi sempre a mesma coisa. Não foi maldição, foi a maldade dos homens. É desse mal que a gente tem que se defender."

Voltou-se para a neta.

"Dandara, quando você se formou, eu fiquei tão orgulhosa. Eu queria te dar um presente, alguma coisa. Desculpe não ter nada de muito bonito para te dar. Mas eu queria que você ficasse com o relógio que foi de seu avô. Se você quiser. Você quer?"

Dandara começara a chorar muito antes de Maria das Dores acabar a frase. E não estava sozinha. A emoção tinha tomado conta de todos e a mesa era uma choradeira só. Todos voltaram a trocar muitos abraços apertados, muitos beijos. A noite foi longa. Custaram a se convencer de que, em algum momento, precisavam ir dormir.

Alguns dias mais tarde, Dandara estudava na cama daquele que um dia fora seu quarto, na casa dos pais, enquanto Anita observava Camucha brincando com Olga. Aconteceu de Maria das Dores passar por ali.

"Vó, olha", disse Dandara, mostrando o relógio no pulso. Maria das Dores olhou e, coisa rara, achou que valia uma brincadeira.

"Fica mais bonito em você do que no Joaquim."

As duas riram e Dandara voltou a ler.

Então, quase displicentemente, mantendo os olhos no livro, Dandara perguntou,

"Como ele te chamava, vó?"

Epílogo / O escritor e sua filha

A filha, ao telefone, indignada.

“Pai, você vai matar o José?”

O escritor sorriu.

“Em que parte você está, filha?”

“O José acabou de ser preso. Você não tinha me dito que ele ia ser preso.”

“De fato, filha, meu plano original não era esse.”

“Pai, eu não quero ler mais, só fala pra mim, você vai matar o José?”

O pai ponderou.

“Filha, se você não quer ler mais, não leia. Mas é sexta-feira, amanhã você estará aqui, a gente conversa com calma, tá bom?”

Não, não estava bom, mas a filha aquiesceu.

No dia seguinte, depois do almoço, em que as conversas foram sobre os outros assuntos que não o livro, saíram para dar uma caminhada. Fazia um calor abafado e estava nublado, poderia chover a qualquer momento, o velho professor levou o guarda-chuva.

“Então, filha, o José vai morrer, sim.”

“Mas você disse que esse não era o seu plano, por que mudou de ideia?”

O pai ponderou.

“Uma vez eu li que a Zélia Gattai gostava de ler os capítulos prontos dos livros que o Jorge Amado estava escrevendo. Ela comentava, dizia que gostara muito disto, não tanto daquilo, enfim dava palpites. Jorge ouvia, mas, consta, não ligava, escrevia o que achava que devia escrever. Numa ocasião, contudo, Zélia demonstrou-se particularmente indignada com a morte de uma personagem pela qual ela se encantara e, então, a reclamação dela ganhou maiores proporções. A pergunta que ela fez a Jorge é a mesma que você faz a mim: 'Por que você a matou, Jorge?'. Bom, a resposta dele é a mesma que eu tenho pra lhe dar".

A filha ouvia atenta.

"Jorge disse a Zélia que ele não havia matado ninguém, a personagem havia morrido. Eram duas coisas diferentes."

Fez uma breve pausa para dar à filha a oportunidade de fazer qualquer comentário, mas ela manteve-se silente. Então, ele continuou.

"Tem outra coisa. Veja, por que será que a morte de José a incomoda tanto?"

Mais uma pausa, mais silêncio. Então, prosseguiu:

"Presumo que seja porque você acha o José um bom menino, acostumou-se a pensar nele como uma pessoa de bons princípios, preocupado com a mãe, com o irmão. E você sabe que o José não cometeu qualquer crime, jamais praticou um ato de violência. O leitor do livro nem sabe se o José era de esquerda ou de direita – de fato, nem eu sei isso. O que leitor sabe é que José se encantou com as passeatas, e que morreu porque um empresário se julgou reconhecido por ele e temeu que isso viesse a lhe causar problemas. E, claro, porque ele era preto, ou seja, no Brasil de então, e no atual, era alguém fácil de matar."

A filha acompanhava.

"José era o tipo de gente que os golpistas de 64 escolheram para matar. Eles mataram bons cidadãos brasileiros. Alguns dos melhores. Cidadão cujos crimes eram os de ter opiniões que eram proibidas. Cidadãos completamente inofensivos. Gente boa como José, enfim."

Caminharam calados por alguns instantes.

"É aterrador que eles estejam de volta, não, pai?"

"É aterrador, filha. Aterrador".

Depois de caminharem por mais algum tempo em silêncio, a filha perguntou: "Você concorda com a tese de que todo livro é sempre autobiográfico?".

O professor refletiu antes de responder.

"Um pouco, sim. Acho que quando se diz isso, o que se quer dizer é que é impossível o escritor se livrar das experiências pessoais que teve ao longo da vida, quando vai escrever um livro. Elas estão lá e, inevitavelmente, acompanham a gente."

"Você acha que tem muita coisa autobiográfica sua, neste livro?"

"Acho que não, mas, por que você pergunta?"

"Bom, talvez você nem se lembre, mas um dia você me contou que teve uma professora de português chamada Dinorá da qual você gostava muito. E aquele seu professor da TFP... ele se chamava Orlando, não chamava?"

Ela tinha razão nas duas coisas. Ele escolhera os nomes a propósito, mas não se lembrava de ter contado à filha sobre os professores Dinorá e Orlando, que, de fato, ele tivera havia mais de meio século. Ele não estranhou, contudo. Sua proverbial falta de memória era motivo de chacota até de seus melhores amigos da Universidade.

Ele ia responder, fazer algum comentário, mas, nesse exato momento, começou a chover. O escritor ficou feliz por ter se lembrado de trazer o guarda-chuva.

Abriu-o, abraçou a filha e, protegidos, voltaram em silêncio, lentamente, para casa.

Armando Milioni é formado em Engenharia Mecânica, com mestrado e doutorado em pesquisa operacional. É professor aposentado do Instituto Tecnológico de Aeronáutica, tendo passado também pela Universidade Federal do ABC, pela Universidade Federal de São Paulo e pelo Ministério da Ciência, Tecnologia e Inovação, onde ocupou o cargo de Secretário Nacional de Desenvolvimento Tecnológico e Inovação. Em 2022, publicou o livro *O projeto reconciliação do ITA: memórias de uma bela ideia golpeada*.

Agradecimentos

À escritora Martha Batalha, pela atenção generosa e pelo estímulo;

Ao Bruno Zeni e à Sílvia Nastari, pelo cuidadoso trabalho de revisão, edição e editoração;

À Vanessa Ferrari, pela revisão da primeira versão do texto e pelas ótimas sugestões;

Às minhas filhas, Daniela e Ana Luiza, sempre.

Edição Bruno Zeni

Revisão Lila Zanetti

Capa e projeto gráfico Sílvia Nastari

Imagem de capa © Hanna Smolska

Dados Internacionais de Catalogação na Publicação (CIP)
(Laura Emilia da Silva Siqueira CRB 8-8127)

Milioni, Armando.
A vida mais invisível de Maria das Dores / Armando Milioni; capa, Sílvia Nastari. 1ª ed. — São Paulo: Editora Quelônio: 2023. 272 p. ; 14 x 21 cm.

ISBN 978-65-87790-48-0

1. Ficção: Literatura brasileira 2. Literatura brasileira: romance I. Milioni, Armando. II. Nastari, Sílvia

13-20236 CDD 869.93

Índices para catálogo sistemático:

1. Ficção: Literatura brasileira
2. Literatura brasileira : romance
869.93

1ª reimpressão de 200 exemplares

Editora Quelônio

Rua Venâncio Aires, 1072
Vila Pompeia
05024-030
São Paulo - SP
www.quelonio.com.br

Fontes ITC Garamond Std
Impressão Nossa Impressão
1ª reimpressão 200 exemplares
São Paulo, dezembro de 2023